KB182357

돌아앉으면 생각이 바뀐다

이종묵 지음

돌아앉으면 생각이
바뀐다 —

격물과 성찰의 시간

종이와
나무

차례

2부 일상의 공부

격물과 성찰의 공부

흔히 쓰는 단어인 '공부(工夫)'라는 말은 원래 어떤 일을 하는 데 드는 시간 혹은 정력을 가리켰다. 주자(朱子)를 대표로 하는 성리학자들이 심성(心性)의 함양을 이르는 말로 확대하여 쓰면서, 앎에 이르기 위한 지공부(知工夫)를 먼저 하고 이를 바탕으로 수양에 진력하는 행공부(行工夫)를 해야 한다고 여겼다. 곧 공부는 책을 통하여 지식을 확충하고 이를 바탕으로 하여 온전한 인격체가 되는 과정인 것이다.

18세기의 학자 성호(星湖) 이익(李瀷)은 중국의 주자와 조선의 퇴계(退溪) 이황(李滉)을 사숙하였다는 점에서 성리학자다. 그러나 지공부의 대상과 행공부의 방향을 확장하는 새로움을 얻었기에 실학자라 부른다. 이익은 지공부를 위하여 중국과 조선 선현(先賢)의 책을 읽고 더 나아가 일본의 저술과 중국을 통하여 전해진 서양의 지식까지 받아들였다. 예를 들면 인간이 살아 있는 동물을 잡아먹는 일을 두고 성리학과 불교, 서양 학문을 공부의 대상으로 삼았다. "삶을 좋아하고 죽는 것을 싫어하는 것은 사람과 만물이 한가지다(愛生惡死 人與物同也)"라고 한 주자의 말을 바탕으로 하여, 만물이 생겨난 것은 사람을 위한 것이라고 한 서양인의 학설을 비판하였으며, 만물에 대한 보편적 사랑을 강조하는 불교의 자비를 긍정하였다. 이렇게 하여 약육강식의 논리와 인간중심주의를 극복하면서 개나 닭, 벌, 개미와 같은 동물이나 곤충에 대해서도 측은지심(惻隱之心)을 가지는 행공부로 나아갔다.

이익의 행공부는 자신을 넘어 세상을 향하였다. 사물을 관찰하여 내재한 원리를 깨닫는 전통적인 격물치지(格物致知)의 공부법을 채택하면서도, 관찰의 대상을 모란, 찔레, 참새, 닭, 뻐꾸기, 뱀, 개구리, 개, 쥐, 누에, 쇠똥구리, 개미, 벌, 나비 등 일상에서 흔히 만나는 사물로 확장하고 이를 통하여 올바른 세상을 위한 가르침을 베풀고자 하였다. 자신이 직접 벌을 길러보고 관찰과 체험을 바탕으로 하여 지은 〈한가하게 살면서(閒居雜詠)〉라는 시에서 "벌 나라 양식이 풍부하여 저장한 꿀이 맛난데, 꽃의 집에서 열매를 재촉하자 붉은 꽃이 바래가네. 조용히 보노라니 모두들 성취를 이루었는데, 사람들만 하는 일 없으니 심히 부끄럽다네(蜂國饒糧養蜜脾 花房催實褪紅枝 靜看物物皆成就 愧殺於人欠作爲)"라 하였다. 벌이 부지런히 노력하여 좋은 꿀을 생산하고 꽃도 부지런히 피었다 지면서 열매를 맺으려 노력하지만, 양반들은 하는 일 없이 놀고 먹으려만 드는 세태를 비판하였다. 벌을 통해 공부하고 이를 바탕으로 어떻게 살아야 할 것인지를 시로 적은 것이다.

이익은 《주역》을 읽고 '사물은 비슷한 것끼리 서로 모이기도 하고 유형에 따라 나누어지기도 한다(方以類聚, 物以群分)'는 지공부를 하였다. 이 말을 행공부로 연결하기 위해 일상에서 보이는 사소한 사물을 깊이 있게 관찰하였다. 물가에 나갔다가 기러기와 오리 등 물새가 함께 온 늪을 가득 메우고 있는 것을 보면서, 물새와 같은 미물도 모두 물을 좋아하고 무엇을 구하는 것이 있기 때문에 놀 때나 장난칠 때나 한 장소에 모여서 함께한다는 것을 알게 되었다. '방이유취'의 이치를 이렇게 체득하였다. 또 기러기와 오리가 타고난 생김새가 다르기 때문에 기러기는 기러기를 따라다니고 오리는 오리를 좇아 날면서 끼리끼리 떼를 짓는다는 것을 보고, '물이군분'의 이치를 분명히 알 수 있었다.

그리고 "저 새들이 저 구름과 물속에서 살면서 제 마음대로 가고 제 마음대로 온다면 그 방향이 반드시 다 같지 않을 것이다. 그러나 한 기러기가 일어나 가면 뭇 기러기가 따르고, 한 오리가 모여들면 여러 오리가 뒤이어 온다. 날아갈 때는 하나가 동쪽으로 가면 모두 그 뒤를 따라 동쪽으로 가고, 하나가 서쪽으로 가면 역시 그렇게 해서 서로 떼를 지으니 이는 사사로운 마음이 없는 듯하며, 또 깃들어서 잘 때는 모인 떼가 많지 않으면 집에서 내려가고 싶어도 내려가지 않고 반드시 여럿이 모인 곳을 찾아가니, 이는 서로 화합함을 같이하면서 기쁜 모습을 짓는 듯하다"라 하였다. 물새조차 함께할 바와 달리할 바를 알고 있음을 발견하고 인간이 모여 사는 사회에서 개인이 어떻게 행동해야 할 것인지, 행공부로 확충한 것이다. 그래서 이익은 "사물을 보면 터득할 것이 있다(觀物有得)"는 말로 결론을 맺었다.

《성호사설》의 〈관물(觀物)〉이라는 글에 이런 내용이 나온다. 유학자들이 이른 격물치지도 바로 이런 관물의 공부와 다르지 않다. 호남의 실학자 위백규(魏伯珪)의 《격물설(格物說)》 역시 천지만물을 통한 공부 내용을 적은 것이다.

"물고기가 놀 때 무리를 나누어 크기에 따라 상종하여 서로 부딪히는 것을 본 적이 없다. 큰 물고기가 작은 물고기를 만나면 느릿느릿, 구불구불 가서 마치 인솔하여 함께하려는 듯이 한다. 작은 물고기는 그렇지 않아 큰 물고기를 만나자마자 문득 놀라 숨고 달아난다. 차라리 홀로 갈지언정 잠시라도 따라가려 하지 않는다. 이는 부득이해서 그런 것이 아니겠는가? 내가 보니, 큰 물고기는 항상 깊게 소용돌이치는 물 밑으로 가서 가벼이 출입하지 않으며, 먹이를 구하는 데 급급해하지 않는다. 마음을 먹으면 뛰어오르기도 하지만 조용한 것을 평상시 행동으로 삼는다. 이 때문에 낚시나 그물이 화가 되지 않고 벌레나 짐승도 해칠 수 없다. 어쩌다 신령한 지경에 이르면 구름을 부르고 비를 내리게 하는 것도 있다. 작은 물고기는 가볍고 멋대로 행동하여 왔다 갔다 옮겨 다니고 일정하게 머무는 곳이 없다. 먹이를 구하는 것이 너무 급하기에 매번 옅은 여울과 더러운 도랑을 좋아한다. 바깥으로 드러내려 하기 때문에 낮에는 도요새에게 잡아채이고 밤에는 수달에게 물린다. 미끼나 낚시나 그물에도 달아나거나 피하지 못한다. 못이 마르면 무리 전체가 죽게 되니, 정말 불쌍하다. 그들이 무리지어 의기양양 돌아다닐 때 머리를 모으고 꼬리를 흔들며 버드나무 강가에서 물결을 뿜고 소나기 내리는 여울에서 흐름을 탄다. 풀과 벌레와 부딪히기도 하고 진흙 속에서 지렁이를 삼키기도 한다. 이 어찌 생계를 얻고자 한 것이 아니겠는가마는, 마침내 다래끼 속에서 파닥거리고 버들가지에 아가미가 꿰이는 신세를 면치 못하게 된다. 그 가운데도 어찌 크게 자랄 종자가 없겠는가만, 잘못해서 큰 놈을 보고 놀라 스스로 작은 것을 좋아하게 된 것이니, 그 또한 어리석음이 심한 것이라 하겠다. 저 큰 물고기도 처음에는 작은 것에서 이루어진 것이니, 어찌 물고기의 성질에도 무리 중에서 툭 튀어나온 것이 있어 이른 나이에 크게 배운 것이 아니겠는가?"

이처럼 세상 만물과 세상만사가 모두 다 공부거리다.

1부
삶의 지혜

느린 말을 타는 여유

새해를 맞는 감회는 올해도 얼마나 바쁘게 살아야 할까 하는 우려에서 시작된다. 그래도 느긋한 여행은 종종 해봐야겠다고 다짐한다. 그리고 문득 소를 타고 길을 나서면 어떨까, 엉뚱한 상상도 해본다. 고려 말 조선 초의 학자 권근(權近)이 남긴 글이 떠올랐기 때문이다.

고려가 망한 후 벼슬을 거부하고 버티다가 경상도 평해(平海)로 귀양 간 이행(李行)이라는 문인이 있다. 그는 지금도 풍광이 아름다운 평해에 물러나 살면서 달밤이면 술병을 차고 소 등에 올라 산과 물로 놀러 다녔다. 그래서 스스로 호를 기우자(騎牛子), 곧 소를 타고 노니는 사람이라 하였다. 벗 권근은 그를 위하여 〈기우설(騎牛說)〉이라는 글을 지었다. 이 글은 느긋한 여행의 방도를 운치 있게 말한다. "산수를 유람하는 데는 오직 마음속에 사사로운 욕심이 없어야 그 즐거운 바를 즐길 수 있다(山水遊觀 惟心無私累 然後可以樂其樂也)"라는 멋진 말로 글을 열었다. 여행을 통해서 무엇인가를 얻고자 하는 욕심을 갖는 순간 진정한 여행의 즐거움은 사라진다. 목적 없이 길을 떠나는 것이 진정한 여행의 즐거움이다. 또 여행은 돌아올 것을 기약하지 않는 것이라 하지 않았던가.

이러한 여행이라면 서두를 것이 없다. 서두르지 않아야 여행의 참맛을 알게 된다. 그래서 권근은 사물을 볼 때 "빠르면 정밀하지 못하지만 느리면 그 오묘함을 다 얻는다(疾則粗 遲則盡得其妙)"고 하였다. 천천히 가야 여행의 오묘함을 다 누릴 수 있다. 그래서 이런 삶을 사는 사람에게는 빠른 말이 아니라 느린 말이 어울린다. 또 말은 빠르고 소는 더디니, 소를 타는 것은 곧 더디고자 함이다.

기우자 이행은 그래서 소를 타고 다녔고 스스로의 호를 기우자라 한 것이다. 밝은 달이 하늘에 있는데 산은 높고 물은 넓어서 하늘과 물이 한가지 빛이 되었다. 그러면 끝없이 위로 하늘을 올려다보고 아래로 물을 내려다보는 것이 그의 일이었다. 만사를 뜬구름같이 여기고 맑은 바람에 길게 휘파람을 불면서, 소는 고삐 풀어가는 대로 맡겨두고 홀로 술을 부어 마시는 것이 그의 삶이었다. 이렇게 가슴속이 시원하니 어찌 절로 즐겁지 않겠는가? 사사로운 욕망에 얽매인 자는 이렇게 할 수 없으리라.

아름다운 산과 물을 보러 길을 떠나는 사람의 마음은 이러하여야 할 것이다. 마음에 사사로운 욕심이 없다면 굳이 느린 소가 아니라 빠른 말을 탄들 어떠랴. 18세기의 시인 이병연(李秉淵)은 소가 아닌 말을 탔지만 마음의 여유를 누릴 줄 알았다. 〈나는 말을 탔네(我騎馬)〉라는 시에서 이렇게 노래하였다.

나는 말 타고 자네는 소 타는데
소는 어찌 빠르고 말은 어찌 느린가?
자네에게 채찍 있어도 내게 없어서인가,
가끔 흰 구름 두둥실 물가에 말이 선다네.
말이 서니 어씨 시 한 수 읊시 않으랴,
소가 코로 듣고서 머뭇머뭇하겠지.
我騎馬 君騎牛 牛何駛 馬何遲
君有鞭我無鞭 時時馬立白雲湄
馬立奈何吟一詩 牛聽以鼻亦躕踟

말은 소보다 빠르지만 굳이 빨리 가고자 하지 않으니, 오히려 채찍을 치는 소보다도 느리다. 내 마음이 더딤을 택하였기 때문이다. 느릿느릿 가다 보면 가끔 맑은 개울물에 흰 구름이 비친다. 시인의 마음을 미리 알았나, 말이 멈추어 선다. 시인이라면 말이 서는데 어찌 시 한 수 읊조리고 가지 않겠는가? 이때 곁에 있던 소가 코를 실룩인다. 소는 늘 말보다 느리다고 여겼는데 웬일인지 이번에는 말이 자기보다 느리기에 으스대었나 보다. 그러다 시를 읊조리는 낭랑한 소리를 듣고서야 시인의 풍류를 알아차렸다. 아뿔싸, 늦었지만 소가 발걸음을 늦춘다. 시인과 말과 소가 이렇게 서로 뜻이 맞았으니, 소를 타든 말을 타든 중요한 것은 그저 마음의 여유일 뿐이다.

이런 시를 읽노라면 고삐를 당겨도 발걸음을 늦추지 않는 말을 타게 될까 겁이 난다. 그래도 달리는 말 등에서도 여유를 찾았으면 하는 것이 올해의 바람이다. 그러면 여행만 즐겁고 말겠는가. 느린 말 등에서 외려 세상의 오묘한 이치를 깨달을 수 있지 않을까!

만물과 함께하는 봄

설 지나고 3월이 가까우니 정말 봄이 턱밑까지 왔다. 다가올 봄 풍경이 이러했으면 좋겠다. "화창하고 고운 봄이 한창일 때 높은 데 올라가 사방을 바라본다. 부슬부슬 내리던 봄비가 막 개자 나무는 목욕한 듯 깨끗하고 먼 강물은 늠실늠실, 버들가지는 파릇파릇. 비둘기는 구구 울며 날개를 치고, 꾀꼬리는 고운 나무에 모여 있네. 온갖 꽃 피어서 비단 휘장 쳐놓은 듯 푸른 숲과 어우러져 한층 더 아롱거리고 무성한 푸른 풀밭에는 소들이 흩어져 풀을 뜯고 있네. 여인은 광주리 끼고 여린 뽕잎을 따느라 섬섬옥수로 부드러운 가지를 당기면서 주고받는 노랫가락, 어느 무슨 곡조인가? 길가는 이, 앉아 있는 이, 가다가 돌아오는 이들, 따스함을 즐기는 그 모습 눈에 삼삼하다네."

고려의 문호 이규보(李奎報)가 봄날의 풍경을 바라보면서 지은

〈춘망부(春望賦)〉라는 글의 한 부분이다. 이어 "경치와 형편에 따라, 어떤 이는 바라보아 기쁘기도 하고, 어떤 이는 바라보아 슬프기도 하며, 어떤 이는 바라보아 흥겹게 노래하고, 어떤 이는 슬퍼 눈물을 짓나니, 제각기 유형에 따라 사람에게 느낌을 주니, 그 천만 가지 마음의 단서가 어지럽기만 하네"라고 하였다. 똑같은 봄이건만 봄을 맞는 사람의 처지에 따라 느낌이 달라진다. 부귀한 자는 아름다운 여인을 끼고 술잔을 마주하고 풍악을 들으면서 아름다운 봄 풍경을 즐기지만, 남편을 먼 곳에 보낸 여인은 쌍쌍이 나는 제비를 바라보며 난간에 기대서서 눈물을 흘린다고 했다.

이번 봄은 다 함께 아름다움을 즐길 수 있었으면 좋겠다. '여물동춘(與物同春)'이라는 말이 있다. 봄은 만물이 소생하는 계절이므로 사람에게는 인(仁)에 해당한다. 봄이 만물을 소생시키듯이 인은 만백성의 삶을 윤택하게 하니, 여물동춘은 임금의 어진 정사로 백성이 태평성대를 누리는 것을 이른다. 조선 초기의 문인 홍귀달(洪貴達)은 대궐의 환취정(環翠亭)에 붙인 기문에서 "봄바람이 살살 불어와 훈훈한 남녘의 기운이 백성의 분노를 푸니 초목이 기뻐서 웃으리라. 만물이 제때를 만나는지 살피고 인이 두루 행해지지 못할까 두려워하시리라. 이러한 때가 되면 유유한 생명력이 만물과 더불어 봄을 함께하리라"라 하였다. 임금이 인의 마음으로 백성을 보살피면 산천초목도 기뻐 웃을 것이요, 이것이 봄을 함께하는 뜻이라 간언을 올린 것이다.

　조선의 성군 정조 대왕은 백성과 봄을 함께 누리고자 한 임금이었기에 "부상당한 사람처럼 백성을 보아서 만물과 더불어 봄을 함께하는 것이 왕자(王者)의 마음이다(視民如傷 與物同春 王者之心也)"라 하였다. 또 과거 시험에 봄을 제목으로 내걸고 그 의미를 논술하게 하였는데, 이에 윤기(尹愭)라는 19세기 가난한 선비가 글을 지어 올렸다. 세상 어느 곳이든 봄이 없는 곳이 없고 한 해 어느 날이든 봄이 아닌 날이 없지만, 정작 백성은 봄이 왔는데도 봄을 누리지 못하는 것이 문제라 하고, 그 원인을 중화(中和)를 극진히 하지 못한 데서 찾았다. 중화는 치우치거나 어그러짐이 없는 상태를 이르는 말로, 중화에 이르게 되면 천지는 합당한 위치에 자리하게 되고 만물은 절로 제 삶을 이루게 된다는 것이 '중용(中庸)'의 풀이다.

　윤기는 이를 근거로 하여 "사해(四海)의 봄은 흉중의 봄을 녹여 만든 것이요, 만물의 봄은 마음의 봄을 다스리는 데서 나온다. 명령을 내리면 바람과 우레가 북을 쳐 춤추게 만들고, 덕과 인을 베풀면 비와 이슬이 적셔주게 된다. (……) 사해의 만물 중에 어떤 것도 봄을 맞지 못하는 것이 없고 한 해 가운데서 하루라도 봄이 아닌 날이 없게 될 것이다"라는 의미심장한 말을 붙였다. 그리하여 자연 재해가 사라지고 풍년이 들어 백성은 즐거워하게 될 것이라 하였다. 홀아비나 과부, 고아와 독신자, 주리고 병든 자 등 버림받아 나뒹굴어도 호소할 곳이 없는 사람들이 만물과 더불어 봄을 만나 행복한 삶을 누리는 것을 볼 수 있을 것이라 하였다. 이것이 우리가 꿈꾸는 세상이요, 보고자 하는 봄이다. 치우치지 않고 어그러짐이 없는 '중화'의 정치가 이루어낼 수 있는 경지다.

철쭉을 기르며 깨닫다

봄철 도심에서도 아주 쉽게 볼 수 있는 꽃 중의 하나가 철쭉이다. 그런데 이 흔한 철쭉이 문득 어디서 왔을까 궁금하다. 우리가 오늘날 볼 수 있는 대부분의 꽃은 근래 외국에서 수입한 것이기 때문이다. 조선시대 기록을 보면 당시에도 철쭉이 있었지만 그리 곱지 못했던 모양이다. 우리나라 꽃에 관한 고전인 강희안(姜希顏)의 《양화소록(養花小錄)》에 따르면, 세종 때 일본에서 철쭉을 보냈는데 우리나라 것과는 비교가 되지 않을 정도로 색깔이 곱고 꽃이 오래 피었다고 한다. 그래서 색이 유독 고운 철쭉을 보면 혹 일본산이 아닐까 의심이 든다.

이렇게 하여 이 땅에 들어와 점차 퍼진 일본 철쭉은 왜철쭉이라고도 불렀다. 요즘 사람들은 영산홍(映山紅)과 같은 것으로 알고 있지만 별개의 품종이다. 영산홍은 글자 그대로 산을 붉게 비추는 선홍빛인 데 비해 일본 철쭉은 석류꽃과 비슷한 주황색이며 개화 시기가 영산홍보다 조금 늦다. 18세기 전후에 활동한 홍중성(洪重聖)은 "어느 해 일본에서 온 종자가, 이렇게 해동(海東)의 꽃이 되었나? 기이한 색은 붉은 비단이 펄럭이는 듯, 신선의 자태는 주사(朱砂)로 물들인 듯. 어둠 속에선 밤을 훤히 비추고, 밝은 곳에선 타는 노을과 같다네. 음력 5월 되면 막 피어나니, 우리 집에 흐드러진 꽃이 가득하다네"라고 노래한 데서 일본 철쭉의 화려한 모습을 짐작할 수 있다.

그래서 조선시대에 일본 철쭉은 값이 무척 비쌌다. 18세기 문인 이헌경(李獻慶)은 요동의 금석산(金石山)에서 우연히 일본 철쭉이 핀 것을 보고 "절로 꽃 중에 제일가는 품종이라, 평양에서 백 냥의 고가에 팔린다네"라 하였다. 당시 평양에서는 이 꽃을 모든 꽃의 우두머리 '백화지관령(百花之冠領)'이라 하며 보배로 여겼으며, 영산홍과 함께 백중을 다투며 대갓집 이름난 정원에조차 많지 않았다고 한다.

일본 철쭉이 이처럼 고가에 판매되는 상품이었기 때문에 재미난 고사가 생겨났다. 이덕형(李德泂)의 《죽창한화(竹窓閑話)》에 따르면, 어떤 부마(駙馬)의 손자이고 재상의 사위이며 당시 큰 부자로 소문난 윤생(尹生)이라는 사람이 있었는데 귀한 집에서 자라고도 글 한 줄을 읽지 않았고 날마다 도박과 주색을 즐겼다. 다만 화훼를 매우 좋아해서 남의 집에 기이한 꽃이나 이상한 새가 있다는 말을 들으면 가격의 높고 낮은 것을 가릴 것 없이 반드시 사왔다. 이웃에 살던 서생 한 사람이 그 집에 갔다가 임금이 직접 하사한 《자치통감강목(資治通鑑綱目)》이 있는 것을 보았다. 학자라면 누구나 탐낼 책이었기에 이를 갖고자 그의 장인으로부터 얻은 일본 철쭉 화분을 가지고 유혹하기로 꾀를 내었다. 늦은 봄 일본 철쭉꽃이 선홍빛으로 가지에 흐드러지게 가득 피자 윤생을 초청하여 보게 하였다. 그리고 전 재산을 기울여 새로 구입한 화분이라 속이고 《자치통감강목》과 바꾸자고 했다. 《자치통감강목》은 세종 때 금속활자로 인쇄한 책으로 값이 매우 비쌌건만 그를 속여 일본 철쭉 화분 하나와 바꾼 것이다. 책을 아는 사람에게는 《자치통감강목》이 매우 소중한 물건이지만 글을 읽을 줄 모르는 윤생에게는 차라리 철쭉 화분 하나만도 못하였던 것이다. 윤생은 흥청망청 살았다. 노비와 전답은 광대의 복식(服飾)을 사느라, 그릇이나 책은 꽃과 짐승과 바꾸느라고 모두 탕진해버렸다. 재산이 다 없어지고 나자 비로소 노량진에 있던 이름난 정자를 팔아 겨우 1년을 지내고 다시 도성 남쪽에 있는 좋은 집을 팔아서 먹고 살다가 남의 집을 빌려 사는 신세까지 되었다. 윤생의 재산을 탕진하게 한 시초가 바로 일본 철쭉이었던 것이다.

일본 철쭉이 조선 중기에 이렇게 귀하였으니, 조선 전기에는 말할 것도 없었겠다. 16세기의 문인 이제신(李濟臣)의 집에 바로 이 귀한 일본 철쭉이 네 그루 있었다. 이제신은 주위 사람이 시키는 대로 초겨울에 멍석으로 잘 싸서 얼어 죽지 않게 하였는데, 이른 봄 집안일로 멍석이 필요하자 부득이 하나를 먼저 풀었다. 늦봄이 되자 세 그루의 철쭉은 일제히 꽃을 피웠지만, 멍석을 먼저 풀어준 철쭉은 봄이 다 가도록 꽃소식이 없었다. 멍석을 푼 후 갑자기 서리가 내렸기에 혹 얼어 죽었을까 조바심이 났다. 그러다가 음력 3월이 되어서야 느지막이 꽃을 하나씩 피우더니 5월 단오까지 오래도록 지지 않았다. 그 사이 윤달까지 들었으니 석 달 이상 꽃이 피어 있었던 것이다. 그리고 꽃과 잎이 다 고우면서도 싱싱하였다. 사람들은 모두 신기하다고 했다. 이를 두고 이제신은 이렇게 말하였다.

"일찍 풀어놓았기에 서리에 억눌렸고, 서리에 억눌렸기 때문에 차례대로 피어나는 것이요, 차례대로 피기 때문에 오래간 것이지요. 멍석을 풀어놓지 않았다면 어찌 손상을 입었겠으며, 손상을 입지 않았다면 어찌 오래갈 수 있었겠소?"

예전 선비들은 꽃을 보고도 공부를 하였다. 요즘은 책을 보고 지식을 얻는 것을 공부라고 하지만, 예전 선비들은 책뿐만 아니라 일을 겪거나 사물을 보고 깨달음을 얻는 공부를 하였고 다시 이를 자신의 바른 처신으로 연결하는 공부를 하였다. 이를 관물(觀物)의 공부라 한다. 이것이 예전 선비가 꽃을 보는 뜻이다.

전원에 사는 즐거움

연일 이어지는 황사로 봄날이 달갑지 않기까지 하다. 게다가 세상 돌아가는 것도 더욱 마음을 답답하게 한다. 이럴 때 오장육부를 시원하게 해주는 것이 있으니 바로 전원생활의 즐거움을 기록한 옛글이다. 어린 시절을 시골에서 보낸 이라면 더욱 그러하리라.

순조 연간 남공철(南公轍)이라는 문인이 살았다. 지금 그 이름을 아는 사람이 많지 않지만 당대에는 문장가로 명성이 높았다. 그는 바쁘게 살다가 병에 걸려 고생하는 사람을 위해 처방전을 제시하였다. "푸른 산은 약 대신 쓸 수 있고 강물은 오장을 튼튼하게 한다(靑山可以當藥 湖水可以健脾)." 이 처방전대로 하고자 남공철은 노년에 성남의 금토동 청계산 자락으로 물러나 살았다. "정자 앞뒤에 울타리를 치고 채마밭을 만들어 채소를 심었으며, 땅을 개간하여 논밭을 만들고 기장과 벼를 심었다. 매화와 국화, 오동나무,

대나무 등을 대충 심어두고 꽃과 나뭇잎 사이로 지팡이를 끌고 배회하였다. 밤에 바위 평상에 앉아 동남쪽을 바라다보면 산이 트인 부분에 달빛이 일렁이는데 텅 비고 푸른 하늘에 파도가 멀리 쏟아지는 듯한 형세가 있다"고 자랑하였다. 이러한 전원생활을 직접 누리지는 못하여도 옛글을 읽으면 상상으로 즐길 수 있다. 이것이 옛글을 읽는 즐거움이다.

그의 전원주택은 옥경산장(玉磬山莊)이라 하였다. 청계산 자락 맑은 개울가에 세운 조그마한 집이었다. 아무런 장식도 하지 않고 그저 비바람만 가릴 수 있게 하였다. 창에다 커튼을 치고 대자리 하나, 안석 하나를 두고 기거하면서 읽고 싶은 책을 읽었다. 그리고 가끔 산책을 나섰다. "비가 그쳐 약간 선선해질 때 난간에 기대 사방을 둘러본다. 산봉우리는 목욕이나 한 듯 허공에 파랗고 밝은 달은 동남쪽 트인 산 위에 떠올라 연못의 물과 어우러져 일렁거린다. 숲은 푸르고 하늘은 파랗다. 만물이 맑고 깨끗하다. 마침 시골 노인네들과 농사에 대해 이야기를 나눈다. 정치가 잘되는지 못되는지, 어떤 인물이 좋고 나쁜지는 일절 입에 올리지 않는다." 이런 전원주택을 가지고 있으면 참 좋겠지만, 옛글을 읽으면서 상상으로라도 즐길 수 있다.

여기에 더하여 남공철은 봄 산에 비가 오려 한다는 뜻의 춘산욕우정(春山欲雨亭)을 청계산 자락에 두었다. 그곳에 붙인 시는 흑

백사진처럼 희미한 유년의 추억을 떠올리게 한다. "밭두둑은 온통 짙푸른데, 들판의 개울물은 찰랑찰랑. 농부가 막 들밥을 내왔기에, 막걸리에 점심을 먹는다네(平疇一靑苗 野水出鬖鬖 田夫方午饁 麥酒又飯兼)"라 한 구절을 읽으면, 들밥으로 내온 보리밥과 막걸리의 추억이 떠올라 절로 입가에 미소가 피어난다. 좋지 아니한가?

　남공철은 영의정까지 지낸 사람이다. 청계산 자락의 푸른 산과 맑은 물을 늘 곁에 두고 살 수는 없었다. 그래서 그곳의 사계절 풍경을 그림으로 그려 도성 안의 집에다 걸어놓았다. 그중 봄날의 풍경을 그린 그림을 글로 표현한 것은 이러하다. "못가의 석상(石床)에 앉아서 향을 사르고 책을 펼친다. 매화와 살구꽃, 철쭉이 불난 듯 선홍빛을 띠다가 가끔 바람에 흩날려 떨어지려 한다. 금빛 은빛 나비가 옷에 붙어 떨어지지 않는다." 남공철은 그림으로 전원생활의 추억을 도성 안으로 끌어들였다. 우리도 그의 글을 통해 자연을 도시 안으로 끌어들일 수 있다.

　남공철은 전원생활을 통해 오장육부를 튼튼히 하면서도 능력이나 외모가 모자란다 하여 차별해서는 안 된다는 삶의 공부도 함께 하였다. 그가 청계산 자락에 만든 동원(東園)이라는 동산은, 인위적으로 아름답게 가꾸고자 하지는 않았기에 복숭아나무 한 그루와 잡목 한 그루만 덩그렇게 저절로 자라났다. 봄이 되자 분홍빛 복숭아꽃이 화려하게 피었다. 하인이 복숭아나무는 열심히 손질하였지만 그 곁의 잡목은 거들떠보지도 않았다. 남공철은 이렇게 말하였다.

"하늘의 도는 사물에게 널리 베푸니 비와 이슬은 가리는 법이 없고 군자는 널리 사랑하여 인을 함께한다네. 이 때문에 태산(泰山)의 언덕에서 소나무는 가죽나무와 상수리나무와 함께 자라고, 현달한 집안에서는 똑똑하든 못났든 함께 들인다네. 복숭아나무와 잡목은 곱고 못나며 기이하고 범상한 차이가 정말 있지만 대개 천지의 기운을 함께 받아 났고, 마침내 동산에 자라게 된 것이라네. 사람이라면 하나는 보호하고 하나는 버리겠지만, 잡목은 오히려 무엇을 바랄 것이 있겠는가? 나는 동산의 풀 하나 나무 하나라도 그 사이에 행(幸)과 불행(不幸)이 존재하도록 하고 싶지는 않네."

남공철은 자신의 동산에 있는 풀 한 포기, 나무 한 그루라도 행과 불행의 차등이 있게 해서는 아니 될 것이라 하였다. 그가 전원 생활에서 깨달은 삶의 공부도 배울 만하다.

대머리라서 즐겁다

키가 크고 얼굴이 잘나지 않으면 사람 행세하기 어려운 세상이다. 이러니 머리가 빗거지면 그 충격을 감당하기 어렵다. 조선 중기의 문인 최립(崔岦)은 〈늙음을 탄식하다(歎衰)〉라는 시에서 "중처럼 빗질할 일 점점 사라지니, 여인네 거울 옆에 서기도 부끄러워라. 어느덧 반짝반짝 대머리가 되었으니, 곱던 예전 모습은 다시 볼 길 없어라. 곧바로 귀신의 형상에 가까우니, 인간 세상 오래 머물 수 있으랴! 돌아본들 무슨 일 할 수 있겠나, 태평성세 영락한 유민과 같은 것을(漸覺僧梳冗 羞臨妓鏡傍 居然成白禿 無復有韶光 卽與鬼形近 得於人世長 回頭何事業 盛際等遺亡)"이라고 탄식하였다.

그러나 최립처럼 자책만 하면 이는 스스로를 사랑하지 않는 것이다. 조선 후기의 문인 심낙수(沈樂洙)는 〈나를 사랑하는 집(愛吾軒記)〉에서, "나면서부터 다리를 절고 키가 작은 사람은 용모가 아름다운 사람과 나란히 서서 자신을 보게 되면, 제 몸이 못난 것을 싫어하고 남이 아름다운 것을 좋아하지 않은 적이 없을 것이다. 그러나 하루아침에 신이한 도술을 가지고 그 용모를 바꾸어주되 매우 위험한 처지를 당하게 한다면 저들은 반드시 머뭇거리다가 악착같이 줄행랑치며 그저 뒤쫓아올까 봐 겁낼 것이다. 이를 보면 그 사람도 제 몸을 아끼고 있음을 알 수 있다"라 하였다. 누구에게나 외모보다 목숨이 중요하다는 말이다.

그러나 심낙수의 말과 달리 요즘은 목숨 걸고 외모를 바꾸려 한다. 이는 스스로를 사랑하지 않는 것이다. 자신의 결점조차 사랑할 때 삶이 편해지는 법이다. 고려 말 김진양(金震陽)이라는 학자는 대머리였기에 자신의 호를 동두자(童頭子)라 했다. 누가 물으면 "나는 얼굴에 윤기가 있지만 머리숱이 적지요. 나는 술을 잘 마시지 못하지만 술이 있으면 좋은 것이건 나쁜 것이건 사양하지 않아서, 취하면 모자를 벗어 이마를 드러내지요. 그러면 보는 사람들이 모두 나더러 대머리라고 합니다. 그래서 내가 이렇게 호를 지었지요. 호라는 것은 나를 부르기 위한 것, 내가 대머리니 나를 대머리라 부르는 것이 옳지 않겠소? 사람들이 내 모습대로 불러주니 내가 그대로 받아들이는 것이 마땅하지 않겠소?"라고 대답했다. 그리고 '대머리는 빌어먹지 않는다'는 속담을 인용하면서 이렇게 말하였다.

"어찌 이것이 내가 복(福)을 누릴 징조가 아닌 줄 알겠소? 사람이 늙으면 반드시 머리가 벗겨지는 법, 이것이 장수할 징조가 어찌 아니라 하겠소? 내가 가난하더라도 빌어먹는 지경에 이르지 않고, 또 제 명대로 살다가 편안히 죽는다면 내가 내 대머리의 덕을 참으로 많이 보는 것이라 하겠소."

그리고 "부귀와 장수는 누군들 바라지 않겠소만, 하늘이 만물을 낼 때 이빨을 주면 뿔을 주지 않고, 날개를 주면 손은 없고 발만 둘 주지요. 사람도 마찬가지라서 부귀와 장수를 겸한 자는 거의 없다오. 부귀를 누렸지만 오래 살지 못한 사람은 나도 많이 보았으니 내가 무엇하러 부귀를 바라겠소. 내 몸을 가릴 초가집이 있고, 내 배를 채울 거친 음식이 있으니, 이렇게 살면서 타고난 수명대로 살면 그뿐이지요. 사람들이 나를 대머리라고 부르고 나도 대머리로 자칭하니, 이것은 내 대머리를 즐겁게 여기기 때문이오."

이 말을 들은 벗 권근(權近)은 그를 위하여 〈동두설(童頭說)〉이라는 글을 지었다. 그 글에서 권근은 얼굴이 검고 몸집이 작아서 사람들이 자신을 작은 까마귀라는 뜻의 소오(小烏)라고 부른다고 하고, 이 별명을 기꺼이 받아들인다고 했다. 그리고 대머리와 검은 얼굴은 겉으로 드러난 외모요 바꾸지 못하는 것이지만, 그 속에 있는 마음의 덕과 능력은 스스로 어떻게 배양하는가에 그 성취가 달려 있다고 했다. 외모지상주의가 판치는 세상, 이러한 글이 작은 위안이라도 되었으면 좋겠다.

산수 자연에서 살아가는 네 가지 비결

　사는 것이 괴롭다는 말을 자주 듣게 된다. 옛사람들 역시 고달 픈 삶을 살았다. 18세기의 문인 유언호(俞彦鎬)도 그러하였다. 여 러 차례 유배를 당하여 위리안치(圍籬安置)의 고통을 겪으면서 《장자(莊子)》를 즐겨 읽었다. 득실(得失)과 사생(死生)이 한가지라 는 《장자》의 말을 위안으로 삼고자 하였다. "빈천한 후에야 부귀 함이 즐겁다는 사실을 안다(貧賤而後知富貴之樂)", "콩잎과 같이 맛없는 것을 먹어보아야 고량진미의 맛을 안다(藜藿而後知膏粱之 甘)", "누더기를 입어보아야 가죽옷이 아름다운 줄 안다(鶉結而後 知狐貉之美)", "병이 나보아야 병들지 않은 것이 편안한 줄 안다(病 而後知不病之安)", "시름을 겪고 나서야 시름없는 것이 한적한 줄 안다(憂而後知無憂之適)"는 명언을 외웠다. 미혹에서 깨달음을 이 루는 불가(佛家)의 '환미성각(喚迷成覺)'도 그 방편으로 삼고자 하였다. 그래도 세상의 모든 구속으로부터 자유에 이르는 달관(達觀)의 경지에 이르기는 쉽지 않았다. 그럼에도 그는 옛사람의 글을 통해 달관을 얻고자 하였다. 이에 맑은 이야기와 운치 있는 일 중에서 마음에 와 닿는 것은 찾아 기록하고 이를 《임거사결(林居四訣)》이라 하였다.

'임거사결'은 산수 자연에서 살아가는 네 가지 비결이다. 유언호는 네 비결로 '달(達)', '지(止)', '일(逸)', '적(適)'을 꼽았다. '달'은 통달하는 것이요, '지'는 만족을 아는 것이며, '일'은 마음이 편안한 것이고, '적'은 마음에 맞는 일을 하는 것이다. 그리고 이 네 가지 비결을 노래로 지었다.

달(達)

세상에서 이 육신이란 꿈과 환각, 거품과 그림자라,

이렇게 볼 수 있다면 이것이 '달'이라네.

무엇이 있는 것이고, 무엇이 없는 것인가?

무엇이 기쁜 것이고 무엇이 슬픈 것인가?

그저 인연을 따를 뿐,

마음에 누가 되지 않고 즐겁게 편안하여

어디를 가든 얻지 못함이 없다네.

지(止)

물고기는 연못에 머물러 살고 새는 숲에 머물러 사는 법.

사물은 제각기 사는 곳이 있건만 사람은 그러지 못하지.

통쾌한 데에 머물려면 성해지기 전에 쉬어야지.

그런 다음에야 마음이 고요해지니

진리는 여기에서부터 들어오는 것이라네.

제 몸을 잊을 수 있게 된다는 것이

바로 간괘(艮卦)의 상(象)이라네.

일(逸)

육신이 있는 자는 누군들 편안하고 싶지 않겠는가?

육신이 있음을 알지 못하면 피로함을 편안함으로 여기는 법.

저 조롱의 새를 보라.

끈에 묶여도 편안하다가

하루아침에 벗어나게 되면 구만리 높은 하늘로 날아올라,

예전 괴롭던 일을 추억하고 지금의 즐거움을 알게 된다네.

적(適)

없는 것 가운데 있는 것이 있고,

환상 가운데 실상이 있는 법이라.

사물이 다가와 나와 접촉하게 되면 기뻐할 만하다네.

강과 산과 꽃과 바위, 물고기와 새와 거문고와 책 등이

이리저리 벌여 있는데,

내가 그 사이에 있어 휘파람 불고 시를 읊조려

사물과 나를 모두 잊어버린다네.

유언호는 네 가지 중에서 '달'이 가장 중요하다면서 그 의미를 이렇게 설명하였다. "'달'이라 한 것은 상하사방을 통달하는 것을 이른다. 대개 사람이 비록 두 눈이 있지만 도리어 제 몸은 볼 수가 없다. 거울을 가져다가 비추어보지만, 그 또한 일면에 그칠 뿐이다. 제 몸도 그러한데 몸 이외의 것은 말할 것이 있겠는가? 이 때문에 앞은 밝지만 뒤는 어두운 법이요, 그 가까운 것은 찾으면서도 그 먼 것은 버려두는 법이다. 부지런히 한세상, 술에 취한 듯이 비몽사몽간에 살다 가면서도 이를 깨닫지 못하니 참으로 슬프다"라 하였다.

무슨 말인지 조금 어렵다. 그래서 유언호는 자신이 겪은 일화를 들어 '달'을 이렇게 설명하였다. "내가 예전에 임금의 부름을 받아 대궐로 갈 때 큰비가 내리는 가운데 역마를 급히 몰아 달려갔다. 어떤 객점에서 한 아낙네가 앞에 아이를 앉히고 손으로 그 머리의 이를 잡고 있는 광경을 보았다. 아이는 그 어미가 머리를 긁어

주는 것을 좋아하고 어미는 이 잡는 것을 좋게 여겨 둘이 서로 즐거워하는데, 거짓 없는 참다운 정이 가득했다. 처마에 낙숫물이 뿌옇게 떨어지는 그 너머로 말을 타고 지나가면서 아주 잠깐 그 광경을 보고 나도 모르게 망연자실하였다. 마침내 '인생의 지극한 즐거움 중에 무엇이 이것과 바꿀 것이 있는가?' 이렇게 생각하였다. 아, 남들의 편안함은 보면서도 자기의 고생스러움은 보지 못하고, 남들의 즐거움은 알지만 자기의 근심스러움은 알지 못하니, 이는 바로 달관을 하지 못하였기 때문이다."

이제 달관의 뜻이 어렴풋하게나마 떠오를 것이다. 사람들은 눈으로 모든 것을 볼 수 있지만 정작 자신의 얼굴은 보지 못하는 것처럼, 자신의 바깥에 있는 것은 잘 알면서도 자신의 내부에 있는 것은 잘 알지 못한다. 달관은 마음으로 헤아려 자신의 얼굴을 볼 수 있는 것이다. 아이나 이를 잡는 아낙이 행복해하는 것은 눈으로 보아서 알면서도, 자신이 세사(世事)의 얽매임에서 벗어나 그처럼 자유롭게 살 줄 모르는 것은 달관하지 못한 때문이다. 유언호의 글을 통해 작으나마 달관의 깨달음을 얻을 수 있기를 기대한다.

푸성귀를 먹는 마음

요즘 사람들은 대부분 아파트에 사는지라 집의 이름을 가지고 있지 못하다. 예전 식자들은 자그마한 집일지언정 자신이 원하는 삶의 방향을 뜻하는 이름을 내걸었다. 18세기의 문인 이종휘(李種徽)는 남산 아래 자신의 집에 바닷물로 적시는 집이라는 뜻의 함해당(涵海堂)이라는 이름을 달았다. 그리고 예전 남해 몰운대(沒雲臺)와 해운대에서 본 바다를 떠올렸다. 이름 석 자로 서울 한복판에서 바닷물을 구경할 수 있었다.

그런데 이종휘는 자신의 집 마루에는 미채헌(味菜軒)이라는 이름을 붙였다. 푸성귀를 맛보는 집이라는 뜻이다. 그가 푸성귀를 맛보고자 한 뜻은 무엇인가? 당시 사람들도 곰 발바닥 살과 같은 특이한 고기, 용안(龍眼)과 같이 이국적인 과일, 다랑어같이 구하기 쉽지 않은 생선을 가장 맛있는 음식으로 여겼다. 그러나 이런 희

귀한 음식도 여러 번 먹으면 질리니 결국 덤덤한 밥만 못하다. 그래서 이종휘는 "천하 만물은 그 맛이 없는 것이 없으니 음식만 그러한 것은 아니다. 이 때문에 맛을 잘 아는 자는 맛이 없는 맛을 잘 맛볼 수 있다(天下之物 無不有其味 不惟飮食爲然也 故善於知味者 能味無味之味)"라 하였다. 아무 맛 없는 것이 천하에서 가장 좋은 맛이라는 것을 혀로 느낄 수 있어야 진정한 맛을 잘 아는 사람이라 여긴 것이다.

아무 맛이 없는 푸성귀를 먹고 입이 즐거울 사람은 별로 없다. 예전에도 고대광실에 사는 부귀한 사람 중에는 푸성귀가 푸짐하게 차린 팔진미(八珍味)보다 낫다고 떠벌리는 이들이 있었던 모양이지만 대부분은 가식이었다. 윤기가 흐르는 쌀밥과 기름진 고기가 지겨워 잠시 거친 푸성귀를 먹고자 한 것일 뿐, 삼시세끼 내어 놓으면 젓가락을 들려 하지 않을 것이다. 조선의 시골 아낙과 아이들 역시 웬만하면 산과 들, 개울에 지천으로 널린 푸성귀를 보고 심드렁하였다.

그러나 이종휘는 매일 푸성귀를 즐겨 먹겠노라 했다. 그 뜻은 무엇인가? 입으로 먹어 배부른 음식을 두고서, 입으로 읽어 마음이 흡족한 글을 보는 문제를 생각했다. 이종휘가 살던 18세기에는 자극적인 소설이 넘쳐났다. 소설에 빠져 제사상 차리는 일까지 잊는 여성도 있다. 이종휘는 소설의 화려한 표현과 농염한 정조가 사람의 눈을 번쩍 뜨이게 하고 마음을 취한 듯 만든다고 했다. 이종 휘에게 소설은 잠시 입을 즐겁게 하는 고기였다. 시골 아낙네나 아이들이야 푸성귀 대신 고기를 좋아하는 것이 당연하지만, 선비라면 아무 맛이 없는 푸성귀의 진정한 맛을 알아야 한다고 여겼다. 그에게 푸성귀는 곧 마음을 다스리는 고전이었던 것이다. 그래서 푸성귀를 먹는 맛을 알고자 하는 선비는, 사람들이 아무런 맛이 없다고 여기는 성인의 고전을 구해 읽고 그것이 천하에서 가장 지극한 맛임을 알아야 한다고 했다. 조선의 학자 이종휘는 〈미채헌기(味菜軒記)〉를 걸어두고 그런 생각을 하면서 푸성귀를 먹었다.

이제 막 시장에 봄나물이 쏟아져 나오고 있다. 묵직한 책보다는 가벼운 책을 찾고, 책보다는 텔레비전에 먼저 눈을 주는 세태인지라 봄나물에게 미안하다. 봄나물을 앞에 두고, 묵직하다 하여 밀쳐놓은 책을 잠시나마 뒤적여볼 일이다. 혹 이종휘와 같은 고상한 학자의 마음을 바로 따르기 어렵다면, 김시습(金時習)의 시 〈작은 솥에 버섯과 채소를 데쳐 먹으면서(煮菌蔬於小鐺)〉를 한 편 읽어 창자에 낀 기름기를 걷어내는 것도 좋겠다.

골짜기에 눈이 채 녹지 않아도
눈 아래엔 산나물이 돋아났구나.
고운 싹은 흰 솜을 이고 있는 듯

여린 줄기는 통통하게 살쪄 있구나.

이를 캐서 솥에다 데치니

보글보글 지렁이 우는 듯한 소리.

이로써 내 주린 배를 채울 수 있고

이로써 내 여생을 보낼 수 있다네.

가소롭다, 부귀한 사람들아,

구구한 명리를 구하느라

머리엔 붉은 먼지 가득하고

발아래엔 옥죄는 그물이 펼쳐 있으니.

인생 백 년 삼만 육천 날

잠시 즐거웠다 잠시 놀라는 법.

어찌하면 솥에 데친 저 푸성귀처럼

한 가지 맛으로 화평할 수 있으랴!

洞中雪未消 雪底山蔬秀 嫩芽戴白纑 脆莖肥且富

採之煮小鐺 細細蚯蚓鳴 足以充我飢 可以保餘生

可笑鍾鼎人 區區利與名 頭上紅塵深 足下羅網縈

三萬六千日 乍歡又乍驚 何似鐺中蔬 一味和且平

사람들은 좋은 옷과 좋은 음식을 구하느라 마음이 한가로울 날이 없다. 거친 푸성귀로 위장의 기름을 걷어내면 세상사 절로 화평해지리라. 중국 양(梁) 무제(武帝)는 〈술과 고기를 끊는 글(斷酒肉文)〉에서 "채소 먹는 것이 어찌 어렵나, 마음이 편안하면 감로(甘露) 위에서 먹는 것이요, 마음이 편안하지 않으면 뒷간에서 먹는 것인데"라 했으니, 거친 음식이라도 그저 마음을 편히 하고 먹을 일이다.

병든 사람을 위로하는 말

    요즘 사람들을 만나면 아프다는 말을 자주 듣는다. 그만큼 나이를 먹었고 몸 여기저기 탈이 났다는 뜻일 게다. 그래서인지 병든 사람을 위안하는 옛글을 보면 반갑다.

    18세기에 조귀명(趙龜命)이라는 글 잘하는 선비가 있었다. 하지만 그는 평생 병을 달고 살았다. 머리끝에서 팔다리 끝까지 병들지 않은 곳이 없었다. 큰일을 경영하는 것은 꿈도 꾸지 못하였고 사소하게 즐길 거리조차 쉽게 할 수 없었다. 다들 즐거워하는 명절에도 끙끙대거나 움츠리고 방 안에 박혀 있어야 했다. 얼마나 가련한 인생인가?

    그러나 조귀명은 질병을 달관으로 극복하고자 〈질병의 이해(病解)〉라는 두 편의 글을 지었다. 그의 첫 번째 글에 벗은 위로의 말을 건넨다. 벗은 병이 오히려 조귀명을 도운 것이라 하였다. 그 근거는 이러하다. 조귀명이 천성으로 예쁜 여자를 좋아하고 글짓기를 좋아하므로, 병들지 않았더라면 세상 미녀들을 찾아다니느라 탕자(蕩子)가 되었을 것이요, 좋은 글을 지으려다 발광하여 미치광이가 되었을 것이니, 병 때문에 목숨을 건진 것이 오히려 다행 아닌가, 벗은 그렇게 위로했다.

여기에서 더 나아가 조귀명은 스스로 세 가지 위안을 찾아 두 번째 〈질병의 이해〉를 지었다. 이 글에서 병의 가치를 세 가지로 말하였다.

첫째, 사람이 장수한다고 해보았자 80~90년 살지만 영겁의 세월에 비하면 눈 깜빡할 순간에 불과하다. 그러니 질병의 고통이 심하다 한들 그게 얼마나 되겠는가? 이렇게 위안하였다. 한 발짝 물러나 생각하면 백 년 살았다 하여 장수했다 할 것도 없고 50년 살았다 하여 요절했다 안타까워할 것도 없다. 소식(蘇軾)도 〈적벽부(赤壁賦)〉에서 인간을 두고 망망한 바닷속 한 알의 좁쌀 창해일속(滄海一粟)이요, 백 년 삶이 하루살이의 하룻밤과 다르지 않다고 하지 않았던가!

둘째, 세상에 귀한 팔진미(八珍味)도 매일 먹는 부유한 아이의 입에는 익숙하여 그다지 맛난 음식으로 여기지 않는다. 맛난 음식도 가난한 자들이 먹어보아야 그 맛을 아는 법이다. 맛을 모르는 자에게 맛난 음식이라는 것이 무슨 가치가 있겠는가? 건강도 마찬가지다. 평생 질병의 고통을 겪어보지 않은 자들은 건강한 것이 얼마나 기쁜 일인지 생각지 못한다. 그러나 병에 걸린 사람은 어쩌다 한 해 중에 하루가 건강하고, 하루 중에 한 시간 탈이 없으면 그 행복이 비길 데가 없으니, 그 경지를 건강한 자가 어찌 알 수 있겠는가? 잠시 질병의 고통이 없는 날, 바람 자고 비 그치면 벗 두세 명과 나들이하면서 꽃구경을 하고 달구경도 하노라면, 그 통쾌함은 이루 비할 데가 없을 것이다. 이렇게 좋은 것을 건강한 자들이 어찌 알 수 있겠는가? 조귀명은 "남들이 가지지 않은 고통을 가졌다 하더라도 남들이 가지지 않은 즐거움을 가졌노라(雖有人之所無有之苦 而亦有人之所無有之樂)"고 자위하였다. 병에 걸려 고통을 겪은 사람만이 깨달을 수 있는 달관의 경지다.

셋째, 온 세상 만물은 사는 것을 좋아하고 죽는 것을 싫어한다. 오직 내 몸뚱이가 있어야 이러한 병이 생긴다. 내 몸뚱이가 없다면 병이 어디에 붙겠는가? 이 때문에 살아 있는 것은 즐겁지만, 죽는다 해도 그다지 마음이 불안하지 않다. 마음이 죽고 사는 것에 걸림이 없다. 사람들이 병을 근심하는 것은 병이 사람을 죽이기 때문인데 죽음이 싫지 않다면 병을 근심으로 삼는 것은 어리석은 일이 아니겠는가? 살아 있는 것 자체를 행운으로 생각하고, 아예 죽음까지 넘어선 달관의 마음으로 병든 자신을 위로했다.

나쁜 일이 닥친다 한들, 세상사 마음먹기 나름 아닌가? 조귀명의 글은 발상의 전환에 능하다. 그림을 보고 쓴 글에서 이렇게 말하였다. "사람들은 그림 속의 물이 흐르지 않고 바람이 불지 않으며 나뭇잎이 시들지 않는다고 탓한다. 나는 그림을 위하여 이렇게 따진다. 물이 있는데 흐르지 않게 할 수 있는가? 바람이 있는데 불지 않게 할 수 있는가? 나뭇잎이 있는데 시들지 않게 할 수 있는가? 이는 조물주도 할 수 없는 일이지만 그림에서는 할 수 있다." 또 "산촌의 으슥하고 빼어난 곳을 지날 때면 말을 멈추고 머뭇거리면서 그곳 사람들이 그림 속의 사람과 같다고 부러워한다. 하지만 그들을 만나 물어보면 그들은 즐겁다고 여긴 적이 없다. 그러니 그림 속의 사람에게 즐거운지 묻는다 해도, 역시 내가 아는 것처럼 그들이 반드시 즐겁다고 여기지는 않을 것이다". 어떠한가?

질병의 고통에서 발상을 전환시켜 달관의 경지에 오른 그의 글이 아픈 사람의 마음을 푸근하게 한다. 혹 즐거워야 할 자리에서 병을 앓는 이야기가 나오면 조귀명이 남긴 위안의 말을 들려줄 일이다.

조물주가 수명을 길게 주지 않은 뜻

18세기 백의(白衣)의 문형(文衡)으로 일컬어지는 이용휴(李用休)는 환갑을 맞은 매제에게 축수(祝壽)의 글을 지었다.

"수명은 조물주가 가장 소중히 여기는 것이다. 그런 소중한 것을 나무나 바위에게도 길게 주고 물고기나 조개에게도 길게 주면서 유독 인간에게만 함부로 길게 주지 않는 이유가 대체 무엇일까? 나무나 바위는 그저 오래 살기나 할 뿐 하늘이 행사하는 일에 아무런 참견을 하지 않고, 물고기나 조개는 오래 살면 살수록 신령한 힘을 갖는다. 이와 달라서 사람은 나이 들어 혈기가 쇠잔하면 지각이 혼미해지기 일쑤고, 어떤 때는 그동안 해온 일을 망가뜨리고 그동안 쌓아온 덕을 손상하기까지 하니, 그 때문에 하늘이 수명을 주는 것을 아끼는 것이 아닐까?"

생명이 없는 바위나 움직이지 못하는 식물이 수백 년 이상 지탱

하고, 일부 물고기나 조개처럼 수백 년을 사는 것에 비하면 인간의 백 년 수명은 길다고 하기 어렵다. 조물주가 우주의 가장 빼어난 기운을 모아 인간을 창조하였기에 인간을 만물의 영장(靈長)이라 하는데, 그런 인간에게 수명을 너무 짧게 준 것이 아닌가? 이를 두고 이용휴는 다소 엉뚱한 답을 내렸다. 나무나 바위는 아무리 오래 있어도 다른 존재를 해치지 않는다. 수백 년 사는 잉어나 거북이는 신령한 힘을 갖는다고 믿었다. 그런데 사람은 오래 살면 지각이 혼미해져서 젊은 시절 잘해놓은 것까지 다 망가뜨리고 만다. 그래서 조물주가 인간의 수명을 제한하였다는 것이다.

환갑잔치 자리에서 하는 말로는 가히 파격적이라 할 만하다. 물론 매제가 노망들기 전에 빨리 죽으라고 한 말은 아니다. 젊은 시절에 올바른 뜻으로 큰 성과를 내었지만 노년에 사회와 국가의 어른으로서 처신을 잘못하여 지탄의 대상이 된 인물을 고금에 자주 본다. 이용휴가 이상한 축수의 말을 한 것은 이러한 우려 때문이었다. 그래서 매제가 제대로 된 어른이 되기 위해서 각고의 노력을 하여야 한다고 했다. "조물주가 함부로 주지 않는 장수를 얻는다면 근면하고 성실하게 인격을 닦아 발전을 도모해야 마땅하다. 힘써 일하여 시시각각 나날이 하늘이 준 진귀한 보물인 수명을 헛되이 버리고 시간을 낭비해서는 안 된다"고 했다.

당시 이용휴의 매제는 감찰 업무를 맡은 사헌부의 헌납(獻納)

이라는 벼슬을 하고 있었다. 이용휴는 "헌납이라는 이름에 걸맞게 실천한다면, 세상 풍속을 아름답게 하고 국가의 생명을 연장시킬 수도 있으므로 미치는 영향이 아주 크다. 그러니 그가 하루를 더 사는 것은 다른 사람이 하루를 더 사는 것과 비교할 때 여러 갑절 소중하다. 그렇게만 된다면 그가 얼마나 더 장수를 누릴지 헤아릴 수가 없을 것이다"라고 했다. 자신이 맡은 일을 성실히 하여 세상 풍속을 아름답게 하고 국가 수명을 길게 할 때 환갑을 넘긴 노인의 수명도 더욱 길어질 것이라고 하여 축수의 뜻을 밝혔다.

어른이 제 역할을 하지 못해 큰 욕을 먹고 있다. 나이 먹은 사람들이 진정한 어른이 되기 위해 고민할 때다. 숙종 연간의 문인 이하곤(李夏坤)은 젊은 시절부터 흰머리가 돋았다. 그래도 10년쯤 지나자 반백의 머리를 막을 수 없었다. 그러나 이를 보고 깨달음을 얻었다.

"내 모습은 나이와 함께 바뀌어 전혀 다른 사람이 된 것이나 마찬가지지만, 내가 나의 심신과 언행을 살펴보니 유독 바뀐 것이 없다. 사람이 쉽게 바뀌는 것은 그저 외모뿐이요, 바뀌지 않는 것은 마음인가?" 이렇게 반성하였다. 그리고 "내 마음이 바뀔 법한데도 바뀌지 않은 것은 누가 만든 일인가? 나는 이제부터 머리카락이 허옇게 변하지 않는 것을 두려워할 것이다. 너 흰 머리카락이여, 앞으로는 더욱 늘어나거라. 아침저녁으로 너를 바라보며 바뀌

지 않는 나의 마음이 너를 따라 바뀌도록 하리라." 이렇게 다짐하였다. 그 글이 〈흰 머리카락이 늘어나기를 바라는 글(饒白髮文)〉이다. 거울 속의 흰머리를 보면서 마음이 어른답지 못한지 따져보는 일, 이것이 어른이 되기 위해 아침에 먼저 해야 할 일이 아닐까?

시속(時俗)을 따르지 않겠노라

누구나 올바르게 살고자 하면서도 그렇게 하지 못하는 이유가 무엇일까? 이 문제를 두고 조신 중기의 학자 조익(趙翼)은 바르게 살려고 마음먹은 사람들조차 군중심리 때문에 다음과 같은 생각을 한다고 했다.

"사람들이 모두 이익을 좇아가는데 나 혼자 남들이 하지 않는 일을 한다면, 모두는 이익을 얻지만 나만 얻는 것이 없어 끝내 크게 곤궁해질 것이다. 이것이 겁난다. 어찌 사람들과 어긋난 행동을 하여 혼자 남들이 하지 않는 것을 한단 말인가? 이는 성인과 현자들이나 하는 일이지 누구나 다 할 수 있는 것은 아니다. 나는 평범한 사람이니, 어찌 이런 일을 할 수 있겠는가?"

이를 보면 요즘 사람들만 이런 생각을 하는 것은 아닌 듯하다. 조선 후기의 학자 송문흠(宋文欽)은 이 문제를 자세히 따지기 위해

〈시속과 반대로 사는 일(反俗)〉이라는 글을 지었다. 당시에도 사람들은 "남들이 하지 않는 것을 하는 것은 괴(怪)요, 남들이 하는 것을 하지 않는 것은 노(勞)다. 시속을 따르면 편하고 출세하는데, 밖으로 그들과 조화를 이루고 안으로 마음에서 지키면 그것으로 충분하다"라 생각하였다. 예전에도 남들이 하지 않는 튀는 짓을 하다가 손해 보고 생고생만 한다고 여긴 것이다.

사람들은 자신을 버리고 오직 남이 하는 것만 따라 하려고만 든다. 《한비자(韓非子)》에 '일빈일소(一顰一笑)'라는 말이 나온다. 남이 찡그리면 따라 찡그리고 남이 웃으면 따라 웃는 것을 두고 이르는 말이다. 《사기(史記)》에 "종속부침(從俗浮沈) 여세부앙(與世俯仰)"이라는 말도 나온다. 시속을 따라 오르내리고 세사를 따라 내맡겨둔다는 뜻이다. 사마천(司馬遷)은 젊은 시절 자신이 남들 따라 살다가 광혹(狂惑), 곧 미치광이 바보가 되었노라 후회하였다. 외롭지만 곧은길을 가는 것이 군자, 곧 지도자의 도리다. 군자가 되고자 하는 사람은 실질에 뜻을 두어 허위에 빠지지 않고, 의로움을 좇아서 구차하지 않으며, 남들이 천 번 만 번 변하더라도 자신은 한결같이 한마음을 지켜야 한다.

그런데 이렇게 살면서도 속마음은 그렇지 않다고 하며 스스로 군자라고 여기는 사람들도 있다. 이들은 자신의 행동이 비록 남들이 하는 대로 따라 하고 살지만 그 마음은 올곧음을 지키고 산다고 변명한다. 이에 대해서 송문흠은 다음과 같은 비유를 들어 그 허위의식을 비판했다. "남양의 바다에 나체로 사는 야만족이 있는데 그 나라에 들어가 그들처럼 옷을 벗고서 '내 마음속에는 의관이 있다' 하고, 파미르 고원 서쪽에 사창가가 있는데 그곳을 출입하면서 '내 마음속에는 남녀유별의 예절이 있다'고 한다면 누가 그 말을 믿을 것인가?" 또 "천금의 보배가 있으면 반드시 궤짝에 감출 것이요 겹겹이 싸서 숨길 것이지만, 이를 시장에다 내다 버리고 사람들에게 '내가 궤짝을 버린 것일 뿐, 그 안의 보배는 내가 정말 지키고 있다'라고 한다 해서 어찌 그 보배를 지킨 것이라 할 수 있겠는가?" 이렇게 되물었다.

고금을 막론하고 자신의 시대가 요순시절이라고 여기는 사람은 별로 없다. 언제나 세상은 혼탁하고 어지럽다. 그래도 남들이 하는 대로 하지 않는 사람이 있어 세상은 바르게 되는 법이다. 그래서 남들이 하는 대로 살고자 하여 삶의 잣대를 적당히 조절해서는 곤란하다.

이런 점에서 당시에는 사문난적(斯文亂賊)의 비방을 받으면서도 남들이 하는 대로 살지 않으려 했던 박세당(朴世堂)은 참으로 조선의 올곧은 선비라 할 만하다. 자신의 무덤에 새긴 묘표(墓表)에서, "차라리 외롭고 쓸쓸하게 지내며 합치되는 바가 없이 살다 죽을지언정, 이 세상에 태어났으면 이 세상에 맞춰 살면서 남들이 잘한다고 말해주기만 하면 된다고 여기는 그런 자들에게 끝내 고개를 숙이고 마음을 낮추지 않겠노라"고 한 말이 참으로 마음을 끈다. 이런 삶의 자세가 더욱 그리운 시대다.

절제를 아는 꽃, 백일홍

백일홍은 금방 피었다 지는 보통의 꽃과 달리 여름 내내 피기 때문에 선비들의 사랑을 받았나. 조귀명(趙龜命)은 〈백일홍 나무 둥치에 이름을 쓴 사연(百日紅樹榦題名記)〉이라는 글에서 "여름이 끝날 무렵 피기 시작하는데 노을이 타는 것처럼 찬란합니다. 9월이 되어야 시들기 때문에 백일홍이라 하지요. 한여름 그 아래 자리를 깔고서 옷을 벗은 채 쓰러져 누우면, 사나운 뙤약볕이 멀어지고 찌는 듯한 불기운이 쳐들어오지 못하지요. 맑은 바람 소리가 퍼져 나가고 시원한 기운이 절로 이르지요. 사람의 영혼을 씻기는 얼음 항아리인가 의심이 든답니다"라 하였다.

이름난 시인들이 백일홍을 노래한 것도 이러한 뜻에서다. 신광한(申光漢)은 〈백일홍을 읊다(詠百日紅)〉에서 "허연 머리 백발의 주인 늙은이, 7월에 꽃이 핀 것 보았더니, 나그네 되어 서른 날 보내고서도, 집에 오니 아직 붉은 꽃이 달렸네(皤皤白髮主人翁 曾見花開七月中 作客已經三十日 還家猶帶舊時紅)"라 하였다. 학질에 걸려한 달이나 집을 떠나 있다가 다시 오니 전에 피어 있던 백일홍이여전히 예전처럼 붉게 피어 있었다. 나도 저처럼 늘 청춘을 유지할수 있다면.

모든 식물은 꽃을 피우지만 한 달 이상 지속되는 꽃은 백일홍밖에 없다. 또 장현광(張顯光)은 〈백일홍(百日紅)〉에서 "꽃을 피우지않는 화훼 있으랴만, 꽃 중에 한 달 가는 것 없는 법인데, 너 홀로백 일 동안 붉은 것, 나를 위해 봄빛을 머물러둔 것인가(衆卉莫不花花無保全月 爾獨紅百日 爲我留春色)"라 하였다. 백일홍이 자신의 늙음을 잠시 붙잡아두려고 그리한 것이라 농을 건넸다.

이것이 백일홍을 사랑하는 뜻이다. 꽃을 사랑하여 꽃을 두고 뛰어난 수필을 많이 남긴 신경준(申景濬)은 33세 되던 1744년 고향인 순창으로 돌아와 11대조 신말주(申末舟) 때부터 물려받은 귀래정(歸來亭)에서 은거하였다. 못을 파고 그 안에 섬을 셋 두어 기이한 바위를 모았으며 온갖 꽃을 구하여 심은 후 이것을 순원(淳園)이라 이름 하고는 그 식생과 재배법을 〈순원화훼잡설〉에 담았다.여기서 백일홍을 두고 운치 있는 글을 남겼다.

"절제[節]라 하는 것은 끝없이 지속될 수 있게 하는 방도이다.사람의 음성이 절제가 없이 급한 소리로 크게 외치려고만 한다면 반드시 목이 멜 것이요, 걸음걸이가 절제가 없이 기운을 다하여 빨리 달리기만 하면 반드시 땀을 흘리고 헐떡거리면서 자빠질 것이다. 저수지에 절제가 없으면 반드시 넘치게 되고, 창고에 재물의 절제가 없으면 반드시 말라버릴 것이다. 절제가 없는데도 끝없이 지속될 수 있는 것은 천하에 있을 수 없는 이치이다. 꽃 중에서 꽃잎이 큰 것은 쉽게 지니 이는 꽃잎이 절제가 없기 때문인데, 연꽃과 여뀌, 모란, 작약 등이 이와 같다. 또 꽃이 필 때 모두 한꺼번에 피는 것은 필 때 절제가 없는 것이므로 이 때문에 그 수명이 열흘이나 한 달을 가지 못한다. 오직 백일홍은 꽃잎이 매우 작아서 그 꽃잎을 열 배로 키우더라도 연꽃이나 여뀌, 모란, 작약의 꽃잎 하나를 당해낼 수 없고, 이 때문에 꽃잎이 생기는 것이 아주 많게 된 것이다. 꽃이 필 때에도 힘을 쓰는 것을 똑같게 한 적이 없기 때문이다. 오늘 하나의 꽃이 피고 내일 하나의 꽃이 피며, 먼저 핀 꽃이 지려 할 때 그 뒤의 꽃이 이어서 피어난다. 많고 많은 꽃잎을 가지고 하루하루 공을 나누었으니 어찌 쉽게 다함이 있겠는가? 아마도 절제의 의미를 터득함이 있는 듯하다. 이로써 백 일 동안이나 붉은 빛을 유지할 수 있는 것이요, 이 때문에 세상에서 백일홍이라 부르는 것이다."

신경준은 "절제라는 것은 끊임없이 이어지게 하는 방도다(節者 繼而不窮之道也)"라 하였다. 이 글의 핵심어는 바로 절제이다. 절제는 멈출 때와 나아갈 때를 아는 것이다. 꽃이 피는 것도 절제가 있어야 하니, 절제를 알아 하나씩 천천히 피면 오래간다. 백일홍이 백 일 이상 꽃을 피울 수 있는 것은 절제를 아는 꽃이기 때문이다. 신경준은 백일홍으로 사람의 일을 넌지시 말하였다. 지나친 욕심보다 하나씩 일을 해나갈 때 마침내 더욱 크게 진전할 수 있다고 성찰한 것이다.

신경준은 영산홍을 두고도 공부의 자료로 삼았다. 산을 붉게 비춘다 하여 이른 영산홍(映山紅)은 연산군이 특히 좋아하여 일본에서 대규모로 수입하려 하였기에 연산홍(燕山紅)이라는 별칭이 생겼다. 그런데 영산홍은 꽃이 필 때는 그 화려함이 다른 꽃과 비교할 수 없지만 꽃이 시들 때는 가지에서 떨어지지 않고 말라붙은 채 오래간다. 그래서 시든 후에는 영산홍보다 더 추한 꽃이 없다. 신경준은 "천지의 번화함은 봄과 여름에 달려 있는데 천지는 또한 봄과 여름을 늘 그대로 놔둘 수 없어 가을과 겨울에 시들고 쪼그라들게 한다. 하물며 사람은 어떠하고 사물은 어떠하겠는가? 이 때문에 때가 이르러 번화함과 무성함이 생겨나면 이를 받아들이고, 때가 달라져 번화함과 무성함이 가버리면 결연하게 보내주는 것이 옳다"라 하였다. 늙음을 받아들이는 깨달음을 얻은 것이다.

꽃을 기르는 마음

마당이 없어도 베란다에 화분 한둘은 두고 산다. 고운 꽃을 보고 싶은 마음에다 삭막한 도시인의 마음에 조금이나마 자연의 여유로움을 보고자 한 것이리라. 조선 전기 학자 강희안(姜希顏)은 우리나라 원예사에 길이 남을 《양화소록(養花小錄)》이라는 책을 지었다. 그가 꽃을 기른 뜻은 이러하다. "대개 화훼를 재배할 때에는 그저 심지(心志)를 확충하고 덕성(德性)을 함양하고자 할 뿐이다. 운치와 절조가 없는 것은 굳이 완상(玩賞)할 필요조차 없다. 울타리나 담장 곁에 되는대로 심어두고 가까이해서는 안 된다. 이렇게 가까이하는 것은 열사와 비루한 사내가 한방에 섞여 있는 것과 같아 풍격이 바로 손상된다"라 하였다. 운치와 절조가 꽃을 키우는 마음이다.

《양화소록》에는 운치 있게 꽃을 완상하는 법을 함께 적었다.

"초봄이 되어 꽃이 피면 등불을 밝히고 책상 위에 올려놓으면 잎 그림자가 벽에 도장처럼 찍힌다. 아름다워 즐길 만하다"라 하여 촛불을 이용하여 화분에 올려놓은 화훼의 그림자를 완상하는 법을 소개했다. 강희안이 꽃을 기를 때 운치를 강조한 것은 꽃이 마음을 맑게 해주었기 때문이다. 강희안은 화분에 연꽃 재배하는 법을 기술한 다음, 짧은 수필 하나를 붙였다.

"사람이 세상에 태어나서 명성과 이익에 골몰하여 고달프게 일하면서 늙어 죽을 때까지 그만두지 못한다면 과연 무엇을 한 것이겠는가? 비록 벼슬아치의 관(冠)을 벗어두고 옷에 묻은 속세의 먼지를 털면서 떠나가 산수 사이에 소요하지는 못한다 하더라도, 공무의 여가에 매번 맑은 바람 불고 밝은 달빛 비치는 가운데 연꽃 향기가 넘쳐나고 줄과 부들의 그림자 어른거리며 작은 물고기들도 물풀 사이에 파닥거리는 즈음에 옷깃을 활짝 열고 산보하면서 시를 읊조리며 배회하노라면, 비록 몸은 명예의 굴레에 매여 있다 하겠지만 또한 정신은 물외(物外)에서 노닐고 정회(情懷)를 풀기에 충분할 것이다. 옛사람이 '조정과 시장에서 고삐를 휘두르며 바쁘게 다닌다면 답답한 마음이 생겨날 것이요, 한가하게 숲과 들판을 거닌다면 텅 빈 마음이 생겨날 것이다'라고 하였다. 이로써 사람의 마음은 처지에 따라 바뀌는 것이어서 어디로 갈 것인지를 아무도 알 수 없다. 이 때문에 도를 지키고 덕을 기르는 선비가 번잡

하고 요란한 것을 싫어하고 한가하고 편안함을 좋아하여 여유자적하면서 스스로 즐기고 다른 것 때문에 얽매이지 않는 것은 예나 지금이나 한가지다. 이는 속된 선비들과 더불어 논하기 어렵다.”

옛사람이 꽃과 나무를 키운 뜻이 여기에 있었다. 열심히 꽃나무를 키우는 강희안을 보고 어떤 사람이 “몸을 수고롭게 하고 부지런히 힘써서 눈을 기쁘게 하고 마음을 어지럽게 하여 외물의 부림을 받는 까닭은 무엇인가? 마음 가는 것이 뜻이라 했으니, 뜻을 잃어버리지 않겠는가?”라 하여 완물상지(玩物喪志)의 논리로 비판하였다. 꽃나무조차 고요한 선비의 마음을 흐리게 할까 우려한 것이다. 이를 의식한 강희안은《양화소록》의 제일 마지막에 〈꽃을 키우는 뜻(養花解)〉이라는 글을 붙였다.

“내가 천지를 가득 채운 만물을 보니 끝없이 많지만 현묘하고도 현묘하여 제각기 이치가 있더군. 그 이치를 모조리 탐구하지 않으면 지식이 지극해지지 않는다네. 비록 풀 하나 나무 하나같이 사소한 것이라도 각기 그 이치를 탐구하고 그 근원을 찾아서 지식이 두루 미치지 않는 것이 없고 마음이 두루 통하지 않는 것이 없게 한다면, 내 마음은 절로 다른 사물의 부림을 받지 않고 만물 너머로 초탈할 수 있게 되겠지. 뜻을 잃어버리는 일이 어찌 있겠는가? 게다가 ‘사물을 관찰하여 자신을 성찰하고 지식이 지극해져야 뜻이 성실해진다’고 옛사람이 말하지 않았던가? 이제 저 창관(蒼官)

의 장부라 불리는 소나무는 겨울에도 시들지 않는 깨끗한 지조를 지키며 온갖 꽃과 나무 위로 혼자 솟아났으니 이미 더할 것이 없다네. 그 밖에 은일(隱逸)을 뜻하는 국화와 품격 높은 매화, 난초와 서향화(瑞香花) 등 10여 종의 꽃은 제각기 풍미와 운치를 자랑하고 있네. 또한 창포는 추위 속에서도 고고한 절조를 지니며, 괴석은 확고부동한 덕을 가지고 있네. 참으로 군자가 벗으로 삼아 눈으로 보고 마음으로 체득해야 하는 바이니, 버리거나 멀리해서는 안 된다네. 저들이 지닌 풍모를 나의 덕으로 삼는다면 유익한 바가 어찌 많지 않겠으며, 뜻이 어찌 호탕해지지 않겠는가?"

이어지는 글에서 강희안은 값비싼 양탄자를 깔아놓은 고내광실에서 옥구슬과 비취로 장식한 여인을 데리고 노래 부르는 기생을 불러서 노는 자들은 마음과 눈을 즐겁게 하려고 하는 것이지만 이는 그저 성명(性命)을 도끼로 내려쳐 상하게 하며 교만하고 인색한 마음을 싹틔울 뿐이라 하였다. 꽃나무를 보고 이치를 탐구하는 지공부(知工夫)를 하였으며, 꽃나무를 보고 배움으로 삼는 행공부(行工夫)를 하였다. 오늘 본 화분에서는 무슨 공부를 할까?

더위를 피하는 법

세상은 시끄럽고 삼복더위는 더욱 기승을 부리고 있다. 이런 날에는 "모자도 옷도 훌러덩 벗어야 상쾌하리니, 실오라기 하나 몸에 붙어도 땀이 줄줄 흐른다네(露頂裸體方快活 一絲在身終汗沾)"라는 정약용(丁若鏞)의 시구가 떠오른다. 그러나 옷을 벗은들 마음의 답답함이 풀리고 무더위가 사라지겠는가? 삼복더위의 이글거리는 태양조차 안중에 두지 않는 굳건한 자세가 오히려 더위를 피하는 법이다.

17세기 정칙(鄭杺)이라는 학자는 〈여름날 병이 들어(夏日病後)〉라는 시를 지어 더위를 피하는 답을 말하였다. "선생은 대 그늘 아래 마루에서 편안히 누워, 이글거리는 삼복더위의 붉은 태양을 고고하게 보노라. 다리 내어놓고 얼음을 밟는 것조차 너무 번거로운 일이라, 마음이 조용하면 절로 시원함이 생기는 법(先生高臥竹陰堂

傲視三庚赫日長 赤脚踏冰何太躁 不知心靜自生凉)"이라 하였다. 정칙은 이 시의 주석에서 "더위를 피하는 것은 다른 기술이 없다. 오직 마음을 맑게 하고 조용히 앉아 있는 것이 묘한 법이다. 세상 사람들은 높고 통쾌한 누각을 즐겨 찾지만 그곳을 벗어나자마자 바로 더위를 감당할 수 없는 법"이라 하였다.

마음의 공부를 중시한 조선의 학자들은 더위가 양(陽)과 동(動)의 기운에서 비롯하는 것이라 생각하였기에, 정(靜)의 상태를 유지할 때 무더위가 사라지는 음(陰)의 기운을 느낄 수 있다고 여겼다. 영의정의 지위에 있던 이산해(李山海)는 임진왜란이 일어났을 때 선조가 빨리 피난길에 올라야 한다는 주장을 폈다가 지금의 울진 평해 땅에 유배되었다. 한여름 무더위를 게딱지처럼 좁은 유배지의 집에서 지내야 했다. 그때 지은 〈정명촌기(正明村記)〉라는 글에서 이산해는 더위를 이기는 법을 이렇게 말하였다.

"한여름 복더위에 작은 집에 거처하고 있더라도 눈을 감고 꼿꼿하게 앉아 있노라면 몸에 땀이 흐르지 않는 법이요, 솜옷조차 얼어터지는 엄동설한에 얼음판에 거처하더라도 목을 움츠리고 발을 싸고 있노라면 살갗이 터지지 않는다. 혹 스스로 인내하지 못하여 미친 듯이 날뛰면서, 여름철에는 반드시 시원한 바람이 부는 정자를 찾고 겨울철에는 따뜻한 방을 찾아 의탁하려 들면 정자나 방도 쉽게 찾지 못하거니와 내 몸 또한 병들 것이다. 비유하자면 먼지를 쓸어버리는 것과 같다. 먼지는 쓸 때마다 더욱 많이 생겨나니, 이는 쓸지 않고 그냥 두어 가라앉히는 것보다 못하다. 우물을 치는 것에 비유하면 이렇다. 우물물을 흔들어놓으면 물이 더욱 탁해지니, 이것은 차라리 흔들지 않고 절로 맑아지게 하는 것만 못하다. 이 모두는 고요함의 힘이 움직임을 제압하는 것이다."

이산해는 움직일수록 더위가 더해지니 눈을 감고 가만히 있으라고 권하였다. 이것이 선비들의 피서법이다. 채제공(蔡濟恭)도 같은 방식을 택하였다. 복잡한 정치 현실에서 잠시 물러나 노량진 강가에 집을 빌려 살았는데, 그곳에 고요함으로 다스리는 집이라는 뜻의 정치와(靜治窩)라는 편액을 내걸었다. 방이 심히 낮고 좁아 일어서면 서까래가 거의 상투를 칠 지경이고, 앉으면 이웃집 담장이 마당으로 쑥 파고들어 구불구불 앞을 가로막았다. 오직 가까운 산의 한 모퉁이만 나뭇잎 사이로 비스듬히 옆으로 보일 뿐이었다. 강이 비록 가깝지만 덧댄 문 때문에 막혀 보이지 않았다. 게다가 이해 여름은 불을 지핀 듯 뜨거웠다. 사람들은 누구나 숨을 헐떡거리면서 괴롭다고 소리를 질렀다. 그러나 그 자신은 방에 잠자리를 깔고 종일 조용하게 주둥이 없는 표주박처럼, 멍하게 면벽하는 스님처럼 살았다. 옷과 버선도 벗은 적이 없지만 몸에서는 땀이 난 적이 없었다. 어떤 사람이 모든 병은 약과 침으로 다스릴 수 있고 굶주림 역시 음식으로 다스릴 수 있으며 추위는 가죽옷과 숯으로 다스리면 되지만, 오직 열기만은 고대광실이라도 면할 수 없고 얼음을 깐 자리로도 피할 수 없는데, 채제공만 더위를 느끼지 않는 비방이 무엇인지 물었다. 이에 채제공은 "고요함으로 열기를 다스린다(以靜治熱)"고 하였다.

17세기 학자 김우급(金友伋)도 〈더위를 보내는 법(遣暑)〉이라는 시를 지어 같은 뜻을 노래하였다. "어찌하면 더위를 피할 수 있는지, 오늘 비로소 생각을 해보았지. 껍질 벗은 죽순에 대나무 하나 늘었고, 너울너울 춤추는 발도 작은 집을 덮었네. 몸이 한가하면 괴로운 더위는 없는 법, 마음이 고요하면 절로 시원함이 생긴다네. 꼭 차디찬 얼음물 찾을 것 있겠는가! 시원한 샘물이 바로 집 곁에 있으니(何如能避暑 今日始思量 解籜添新竹 褰簾蔽小堂 身閒無苦熱 心靜自生涼 不必求冰冷 寒泉在舍傍)."

어찌하면 더위를 잊을 수 있는가? 몸이 한가롭고 마음이 고요하면 저절로 시원해지는 법이다. 게다가 비를 맞은 죽순은 쑥쑥 자라 대숲을 이루니, 이를 바라보면 그 자체로 피서가 된다. 선뜻 불어오는 바람에 발이 춤을 추니 한낮의 햇살도 절로 이르지 않는다. 이만하면 더위는 사라진다.

그래도 혹 더위가 가시지 않는다면 얼음 한 줌을 손에 들고 있는 것도 굳이 마다할 일은 아니다. 조선 말기의 학자 이규경(李圭景)은 더위를 피하고 시원한 기운을 받아들이는 방법으로, "매우 더운 날 얼음을 손바닥 가운데에 두면 온몸이 시원해진다. 얼음을 두 젖꼭지 위에 올려놓고 부채질하면 시원한 바람이 쏴 불어 한기가 배 속으로 스며든다. 통쾌하고 상쾌함이 청량산(淸凉散) 한 첩을 복용한 것과 같다"라 하였다. 장난삼아 한번 따라 해봄 직하지 않은가?

개구리 울음소리를 듣고서

초여름, 잠시 번잡한 도심을 벗어나 하늘에 별이 보이는 시골에서 하루쯤 묵게 되면 온 세상을 울리는 개구리 울음소리로 귀까지 멍해진다. 자연의 소리를 듣기 어려운 요즘 같은 때도 그러하거늘, 조용한 밤을 이용하여 책을 읽고자 하였던 조선의 선비들에게 개구리 울음소리는 참으로 듣기 싫은 것이었으리라.

17세기 문인 김수항(金壽恒)도 그러하였다. 김수항이 한강 하류 통진(通津)에서 벼슬을 살 때의 일이다. 관아의 서재 앞에 작은 못이 있었다. 못에는 물고기는 살지 못하고 개구리만 떼를 지어 살았다. 더운 여름 장마철이 되자 개구리 우는 소리가 매우 커졌다. 다행히도 크게 가물어 못물이 완전히 말라버리면서 개구리들은 한참 동안 울지 않았다. 그러다가 마침 큰비가 내려 물이 붙자 다시 울음소리가 생겨났다. 그 소리는 요란하여 화를 내는 듯, 미친 듯,

아침부터 밤까지 울어대며 조금도 그침이 없었고 밤이면 더욱 심해졌다. "이놈들이 울 때는 마음속으로 생각하는 것을 잃어버리게 하고 무슨 말을 들으려 해도 듣지 못하게 하여 사람을 만나도 말이 통하지 않고 밤에 누워도 잠을 이룰 수 없게 한다"고 투덜대었다. 화가 난 김수항은 아예 개구리 씨를 말리겠노라 다짐하였다. 그러다 문득 생각을 달리하였다.

"내가 개구리를 내쫓을 방도를 도모하다가 문득 요란스러운 개구리 소리가 사람에게는 감당할 수 없지만, 개구리에게는 그 천성을 따르는 것에 지나지 않는다는 것을 떠올렸다. 인정으로 그만둘 수 없는 것은 성인도 금하지 않았다. 사람도 그러한데 동물은 더 심하다 하겠다. 개구리가 우는 까닭 또한 천성이어서 어쩔 수 없는데 죽여 없애는 일이 과연 옳은가? 대개 사람과 동물이 태어나면 비록 기품의 차이는 있지만 제각기 하늘로부터 부여받은 이치는 한가지다. 사람은 사람이 되는 이치를 얻어 그 천성으로 삼고 동물 또한 동물이 되는 이치를 얻어 그것으로 천성을 삼는다. 사람으로서 사람의 천성을 따르고 동물로서 동물의 천성을 따르는 것을 일러 천성을 따르는 것이라 할 수 있다. 따르는 바에 혹 같지 아니함이 있을지라도 따르게 하는 것은 같다."

그리고 생각을 이어나갔다. 사람의 지각은 동물에 비해 아주 뛰어나지만 오히려 물욕으로 가려질 때가 많아 그 천성을 극진히 하는 일이 드물다. 오히려 치우치고 막힌 동물이야말로 오히려 천성을 극진히 할 수 있는 까닭은 무엇인가? 천기(天機)에 의해 절로 움직여 다른 힘을 빌 필요가 없기 때문이다. 개구리가 우는 것은 가르치고 배워서 그러한 것이 아니요, 자연스러운 천성에서 나와 그러할 뿐이다. 지금 사람이라는 존재는 가르침과 배움에 기대지 않고서도 과연 천성을 따를 수 있을 것인가? 가르쳐도 할 수 없고 배워도 할 수 없는데 하물며 가르치지 않고 배우지 않는데 할 수 있겠는가? 이렇게 생각하니 사람이 오히려 개구리만도 못하다. 그런 사람이 동물의 천성을 금제하는 것이 어찌 옳겠는가?

그리고 이를 다시 자신의 학업으로 연결하여 생각하였다. '나는 천성이 어둡고 게으르며 잠에 기갈이 들었다는 놀림을 받고 있다. 일찍 자고 느지막이 일어나는 것을 일상으로 삼아 학업이 날로 피폐해지고 심지가 나날이 투박해지고 있다. 아침에 지난 잘못된 행실을 후회하고도 저녁에 반복하기 일쑤였다. 그러다가 개구리 울음소리 때문에 밤에 잠을 자지 못하고 자더라도 금방 깼다. 이에 개구리 울음소리를 고인(古人)의 경침(警枕)으로 삼아야겠다는 마음을 먹었다'고 하였다.

경침은 둥글게 만들어 깊은 잠에 빠지지 않게 만든 베개다. 김수항은 개구리 울음소리를 잠을 줄여 학업에 매진할 수 있는 경침으로 삼고자 하였다.

"만약 오늘 이와 같고 내일 이와 같으며 다시 그다음 날 이와 같다면 습관이 되어 천성으로 굳어질 것이오, 그렇게 되면 혼미한 마음의 바탕을 변화시킬 수 있을 것이다. 그렇다면 개구리는 내가 경계하여 깨우치는 데 도움을 준 것이다. 하물며 천성을 따르는 도리를 체험한 내가 터득하지 못하랴! 이제 개구리를 보고 자신을 반성한다면 이 개구리가 나에게 도움 되는 것이 한두 가지가 아닐 것이다. 동물이 나에게 도움이 되는데 이를 제거해서는 아니 된다는 것은 명백하다."

김수항은 개구리 울음소리가 본성을 따른 것이므로 미워해서는 아니 되며, 또 그 울음소리가 자신의 잠을 줄여 학업에 보탬이 되니 오히려 고마워해야 한다는 깨달음을 얻었다.

그러고 보면 개구리 울음소리만 도움 되는 것이 아니다. 여름철 낮잠을 방해하는 파리 역시 마찬가지다. 웽웽거리는 파리는 정말 개구리 울음소리보다 더욱 싫다. 누군들 멸종시키고 싶은 마음이 들지 않겠는가? 그러나 김수항의 성찰을 배운다면 그러한 파리조차 더러운 것을 먹고 구더기를 낳아 하늘이 부여한 생생(生生)의 이치를 성실하게 따르는 것이 아니겠는가? 게다가 낮잠에 오래 빠지지 못하게 하는 것도 학업에 혹 도움이 되지 않을까?

매미와 고추잠자리

가을이 문턱을 넘고 있지만 마지막 더위를 즐기는 매미의 울음소리가 그치지 않는다. 조선 선비들은 매미를 청선(淸蟬)이라 하여 그 맑은 울음소리를 듣고 더위를 잊곤 하였다. 그러나 아파트 방충망에 붙어 밤잠을 설치게 하는 매미 울음소리가 그리 맑게만 들리지 않는다. 어느 날 매미를 쳐서 날려 보내고서는 문득 18세기 호남의 실학자 위백규(魏伯珪)의 글을 떠올렸다. 일상의 비근한 것을 두고 삶의 이치를 깨닫는 것을 격물(格物)의 공부라 한다. 위백규는 〈격물설(格物說)〉이라는 글을 지어 공부한 내용을 담았다. 매미는 그 울음이 그 본성을 따른 것이라 신선의 마음을 가졌다고 하였다.

"살면서 다른 사물한테 요구하는 게 없는 것이 매미다. 오직 그 요구하는 바가 없기 때문에 다른 사물과 다툼이 없어, 긴긴 여름

천명을 누리면서 맑은 그늘을 골라 그 즐거운 뜻으로 울음을 울다가, 서늘한 바람이 이르면 조물주의 뜻에 순응하여 돌아가 숨는다. 이 어찌 신선의 성품을 얻은 것이 아니겠는가?"

이 말을 들은 어떤 이가 반론하였다. 매미 울음이 귀를 매우 시끄럽게 하여 밉다고 하면서 소리를 내지 않는 놈이 좋다고 하였다. 이에 대해 위백규는 이렇게 되물었다.

"귀를 시끄럽게 하는 소리 중 태반은 다른 사물을 해치는 것이거나 무엇인가를 요구하는 것이 아니던가? 밤낮으로 자네의 귀를 시끄럽게 하는데도 미워할 줄 모를 뿐만 아니라 그를 좋아서 그 시끄러움을 조장하기까지 하지 않는가?"

뜨끔하다. 저 요란한 매미 울음소리는 싫고, 돈과 권력을 좇아 빌붙고 선량한 사람을 해코지하는 소리는 즐거워하고 있지 않은지?

게다가 매미 울음소리는 더운 여름이 물러간다는 신호이기도 하다. 그 소리가 요란할 때 조물주는 고추잠자리를 보내 가을이 오고 있음을 알려준다. 18세기의 시인 이규상(李奎象)은 〈농가의 노래(田家行)〉라는 작품에서 고추잠자리와 함께 가을이 오는 모습을 그림처럼 그렸다. "맨드라미 오똑하고 봉선화 기우뚱한데, 푸른 박 넝쿨엔 붉은 가지가 얽혀 있네. 한 무리 고추잠자리 왔다 가고 나니, 높은 하늘 마른 햇살에 가을이 생겨나네(鷄冠逈立鳳仙橫 瓠蔓筍莖紫翠縈 一陣朱蜻來又去 雲高日燥見秋生)." 한 무리의 고추잠자리가 지나가니 이를 기다린 듯이 습기가 줄어들고 마른 햇살이 비친다. 뭉게구름 사라진 푸른 하늘이 더욱 곱다. 아, 이렇게 가을이 오나 보다.

잠자리 몇 마리를 보고 가을을 느낀다고 하는 시인의 말을 마뜩찮게 여기는 이도 있겠지만, 위백규는 잠자리를 두고 성찰의 공부를 하였다.

"음력 7월이 올 무렵에 나타나는 노랗고 작은 잠자리가 무슨 소용이 있겠는가. 그러나 선득선득한 기운이 막 생겨나고 장맛비가 막 갤 때, 떼를 지어 날면서 즐겁게 춤추는 모습은 분명 초가을 풍경이다. 조물주가 사물을 이용함에 그 장점을 취할 뿐 다 갖추어지는 것을 요구하지는 않음이 또한 이와 같다. 저들이 계절을 즐거워하니, '임금이 나에게 무슨 소용이 있겠는가!'라고 한 기상이라 하겠다. 새나 곤충이 절로 울음을 울고 절로 기뻐하는 것은 대부분 이와 같은 법이다. 사람이 사물을 직접 보고 그 정(情)을 터득하는 것으로도 심성을 수양할 수 있다."

한여름에 나타나는 잠자리 한 마리도 심상하게 보아 넘기지 않는 것이 조선 선비의 눈이다. 위백규는 잠자리가 가을을 맞아 즐겁게 나는 것을 보고, 태평시대 함포고복(含哺鼓腹)의 〈격양가(擊壤歌)〉를 떠올렸다. 요(堯)임금 시절에 한 노인이 "해가 뜨면 일어나고 해가 지면 쉬노라. 내 우물을 파서 물을 마시고 내 밭을 갈아서 밥을 먹으니, 임금의 힘이 나에게 무슨 상관이 있겠는가!" 하고 노래한 바 있다. 잠자리는 가을이 오는 것을 알고 순응하여 즐거워할 줄 알지만, 사람들은 더위를 괴로워만 할 뿐 잠자리를 보고 가을이 멀지 않았음을 깨닫지 않는다. 미물도 알아차리는 계절의 변화를 사람만 느끼지 못할 뿐이다.

잠자리가 물을 치면서 나는 것을 청정점수(蜻蜓點水)라 한다. 벼슬과 이익의 급류에서 몸을 빼지 못하고 집적대는 것을 두고도 청정점수에 비유한다. 가을이 오는 것을 알리는 잠자리를 보고 언제 돈과 권력의 유혹에서 벗어날 수 있을까? 이 문제를 생각해보는 것도 격물의 공부이리라.

바위는 물을 만나야 기이해진다

산이 많은 우리 땅에는 그만큼 바위와 돌도 많다. 근래 결이 고운 바위는 조경석으로 활용되고 거친 돌도 건축 부자재로 널리 쓰인다. 하지만 주변에 지천으로 널려 있다 보니 사람들은 쓸모없는 존재로 여긴다. 바위라는 물건은 광택이 옥보다 못하니 보배가 될 수 없고 비옥하기가 흙보다 못하여 곡물을 심거나 그릇을 빚을 수도 없다. 부드러움도 나무보다 못하여 생활에 필요한 도구를 만들어 백성의 삶에 보탬이 될 수도 없다. 그래서 바위는 사물 중에 무용한 것이다. 순조 연간의 학자 이병원(李秉遠)은 벗의 정자 석탄정(石灘亭)에 붙인 기문에서 바위의 의미에 대해 이렇게 기술했다.

"빼어난 명산에 올라 즐기는 곳에 바위가 있으면 기이하고 바위가 없으면 범범한 법이다. 은사나 문인이 숨어살면서 차지하고 있는 땅에 바위가 있으면 이름나고 바위가 없으면 삭막하여 옳은 태가 나지 않는다. 이는 대개 무용한 곳에 숨겨져 있는 효용이라 하겠다. 그러나 바위는 저절로 기이할 수 없으니 물을 만나 기이해진다. 물이 바위와 만나면 출렁거리고 뿜고 휘돌고 날리게 되는 것은 오직 바위에 따른 것이요, 콸콸 부딪치고 동탕하면서 넘실거리는 것은 오직 바위가 울린 것이다. 바위가 물이 없으면 멍청하고 추잡한 것에 불과하고 물이 바위가 없으면 아득히 잔잔하게 흘러내리는 것일 뿐이다."

이어 이병원은 이런 결론을 내린다.

"바위는 지극히 강한 존재요, 물은 지극히 약한 존재다. 강한 것과 약한 것이 서로 부딪친 다음에야 그 기예를 드러낼 수 있다. 바위는 지극히 고요한 존재요, 물은 지극히 움직이는 존재다. 움직이고 고요한 것이 서로 적신 다음에야 그 효용을 완수할 수 있다. 아마도 조물주가 서로 베풀어 드러나게 해주고 체(體)와 용(用)이 서로를 필요로 하게 되어 있는 듯하다."

세상에 무용(無用)한 존재는 없다. 바위는 삶에 바로 도움 되는 효용은 없지만 풍경을 아름답게 하는 점에서 의미 있다. 다만 산속의 바위라 하더라도 그 자체로 아름다움을 만들지 못한다. 물은 바위를 만나야 하고 바위는 물을 만나야 기이한 풍경을 만든다. 멋진 말이다.

돌이나 바위만큼 무용한 것이 부서진 나뭇조각이다. 예전 아궁

이에 불을 지필 때야 그래도 혹 쓰일 데가 있었겠지만, 이제는 야산에 널브러진 나무토막에 관심을 갖는 사람은 별로 없다. 이병원의 조부 이상정(李象靖)과 동문의 벗인 유도원(柳道源)은 버려진 나뭇조각을 보고 공부를 하였다. 그는 곤궁하여 그저 마당 주변에서 매일 나뭇조각을 주워 화로에 불을 지피는 일을 일상으로 삼았다. 우연히 "나뭇조각 태워 화롯불 끼고 있네(榾柮圍爐火)"라는 시구를 보고서 자신이 늙고 꾀죄죄하여 나뭇조각과 가까움을 알고 스스로 호를 골졸옹(榾柮翁)이라 하였다. 그리고 〈골졸옹설(榾柮翁說)〉을 지어 성찰의 공부로 삼았다. 부러진 나뭇가지가 나무하는 사람도 돌아보지 않는 하찮은 존재지만 자신의 집으로 우연히 흘러 들어와 화로에 불을 피워 가난한 선비를 따뜻하게 해주는 공이 있다는 것을 생각하였다.

"하늘이 만물을 만들 때 쓰임이 없는 것은 없고 만물은 스스로를 사용할 수 없어도 반드시 만물을 사용하는 자가 있기 마련이다. 예전에 만물을 잘 사용하는 사람은 반드시 대중이 버린 가운데서 취하였고 무용한 곳에서 유용함이 있게 하였다. 저 나뭇조각은 버려진 물건인데 내가 이를 취하여 불을 지피는 도구로 삼았으니, 나뭇가지는 또한 쓰임이 있다 하겠고 나는 나뭇가지를 사용하는 자라 하겠다. 그러나 쓰임 중에 쓸 만한 것이 있고 쓸 만하지 않은 것이 있으며, 쓰는 사람 중에도 잘 쓰는 자도 있고 잘 쓰지 못하는 자도 있다. 쓸 만한지 쓸 만하지 않은지는 나뭇조각에 달린 일이며, 잘 쓰는지 잘못 쓰는지는 나에게 달려 있다. 내가 나뭇조각을 보니, 속이 썩고 겉이 남아 있는 것은 반나절도 못 가서 죽게 되고 겉이 깎여나갔지만 속이 단단한 것은 거의 사흘 정도 수명을 누린다. 내가 이 점에서 또한 쓰일 바에 대해 알 수 있었다."

유도원은 조물주가 쓰임이 없는 물건을 만들지 않았고, 아무리 무용해 보이는 것이라도 누군가에게는 소용이 있음을 깨달았다. 여기서 두 가지 깨달음을 더 얻었다. 세상의 모든 존재를 잘 사용하는가, 잘못 사용하는가는 나에게 달려 있다는 사실을. 그리고 쓸모없는 것 중에도 내실이 어느 정도 있는가에 따라 수명이 달라짐을. 세상이 나를 쓰지 않는다 하소연하지만 누군가는 나를 필요로 할 것이다. 그러니 하루 쓰고 사라지기보다는 며칠이라도 쓰일 수 있도록 속이 찬 나뭇조각이 될 필요는 있으리라.

대망(大忘)과 소망(小忘)

하루가 다르게 심해지는 건망증으로 고민하는 중년의 벗이 많다. 그래도 건망증으로 고생하는 사람이 고금에 드물지 않았으니 그것으로도 위안이 된다. 중국의 고사성어에 사택망처(徙宅忘妻)라는 말이 있다. 이사 가면서 아내를 데리고 가는 것을 잊는다는 뜻으로, 건망증의 정도를 짐작할 수 있다. 그래서 예나 지금이나 건망증을 낫게 하는 많은 처방이 생겨났다. 까마귀 고기를 먹으면 건망증이 생긴다는 속설이 있거니와, 역으로 중국의 의학서에는 까마귀의 고기나 알, 털을 먹으면 건망증을 낫게 할 수 있다고도 되어 있다.

그러나 건망증을 낫게 하는 것이 과연 좋을 일인가? 중국 고대에 양리화자(陽里華子)라는 건망증이 심한 사람이 있었다. 이를 걱정한 가족 모두는 그의 병을 고치려 만방으로 노력했지만 뜻대로 되지 않았다. 이때 어떤 유생(儒生)이 찾아와 신기한 비방으로 치료해주었는데 잠에서 깨어난 양리화자는 크게 성내면서 아내를 내쫓고 자식에게 벌을 주었으며, 창을 들고 가서 그 유생을 내쫓았다. "내가 예전 건망증이 있을 때에는 하늘과 땅이 있는지 없는지조차 몰랐는데 이제 갑자기 깨어보니 지난 수십 년 동안의 존망(存亡)과 득실(得失), 애락(哀樂)과 호오(好惡) 등 천만 가지 기억들이 복잡하게 떠오른다. 앞으로도 내 마음을 이토록 산란하게 할 것이 염려된다"라는 이유에서였다.

잊어버리고 모른 채 사는 것이 좋을 때가 많다. 송(宋)의 학자 사양좌(謝良佐)는 "습망이양생(習忘以養生)", 곧 망각의 기술을 익혀 양생의 방도로 삼는다고 하였다. 조선의 학자 중에도 습망재(習忘齋)니 망와(忘窩)니 하여 망각을 집을 이름으로 삼은 이가 제법 있었다. 그러나 이런 이름을 붙인 뜻은, 정말 중요한 것을 기억하려고 사소한 것을 잊어야 한다는 점을 강조하기 위해서였다. 김봉조(金奉祖)는 망와라 이름한 집에 붙인 글에서 이렇게 말하였다.

"내가 말한 잊는다는 것은 잊을 만한데도 잊지 못하는 것을 이르는 말이요, 잊어서는 아니 되는 것을 모두 잊고 싶다는 말은 아니다. 은인과 원수는 잊어야 하는데도 내가 풀어버릴 수 없고, 영광과 치욕은 잊어야 하는데도 벗어날 수가 없다. 만물 중에 기뻐하고 노하고 사랑하고 미워하고 불쌍히 여기고 두려워하고 근심하고 즐거워하고 옳게 여기고 그르게 여기는 것들이 또한 마음속에 어지럽게 딱 붙어 있으니, 내가 어찌 잊는 것에 힘쓰지 않을 수 있겠는가?"

또 이익(李瀷)은 망각에 익숙한 집 습망재에 붙인 글에서, 사람의 마음은 정해진 양이 있다고 전제한 다음, "사람은 좋아하고 즐기는 마음이 없을 수 없어서 버리지 못한다. 버리지 못하면 남겨두게 되고 남겨두면 쌓이게 되며, 쌓이면 가득 차게 되고 가득 차게 되면 다른 것을 받아들이지 못한다. 한 치밖에 되지 않는 작은 마음에 얼마나 담아둘 수 있겠는가?"라 하였다. 마음의 짐을 덜기 위해 기억을 덜어내야 한다고 한 것이다.

망각에는 대망(大忘)과 소망(小忘)이 있다. 공자는, 이사하면서 아내를 잊은 것은 사소한 건망증이요, 은(殷)의 마지막 임금 주(紂)가 나라를 다스리는 일을 잊은 일은 큰 건망증이라 하였다. 유한준(兪漢雋)은 〈잊어버리는 일에 대하여(忘解)〉라는 글에서 "천하의 근심은 어디에서 나오는가? 잊을 만한 것을 잊지 못하고 잊을 수 없는 것을 잊는 데서 나온다"고 하였다. 그리고 불의한 부귀영화는 잊어야 하지만 부모에게 효도하고 나라에 충성하는 마음은 잊어서는 아니 되며, 주고받음에 정의를 잊어버리고 나아가고 물러남에 예의를 잊어버리면 아니 된다고 하였다.

그런데 '대망'은 경계할 줄 알지만 '소망'은 실천하기 어렵다.

권력과 부귀에 집착하는 사람들을 보면 더욱 그러하다. 17세기의 학자 오준(吳埈)은 사직서에서, "건망증이 나날이 고질병이 되어 가니, 평소 집안에서 부리는 사람들의 이름을 잊어버리고 매번 바꾸어 부르기도 하고, 아침에 한 일을 낮이 되면 기억하지 못하며, 어떤 물건이 여기 있는데 남들이 슬쩍 가져가도 잊은 줄을 모릅니다. 정신이 이러하니 무슨 일을 할 수 있겠습니까?"라 하였다. 건망증을 핑계거리로 삼아 '소망'을 실천하는 풍경이 그립다.

눈과 귀가 밝아지는 법

《논어》의 첫머리에서 공자는 "남이 알아주지 않아도 성내지 않으니 또한 군자가 아닌가?(人不知而不慍 不亦君子乎)"라 하였고, 또 "남이 자기를 알아주지 않는 것을 근심하지 말고, 남을 알지 못하는 것을 근심하라(不患人之不己知 患不知人也)"는 말이 있다. 웬만한 사람이라면 욀 것이다. 그럼에도 이 말을 실천하기가 어렵다. 남이 알아주지 않는다고 투덜대고 더 나아가 분노하는 사람이 많지만, 정작 그 자신에 대해서는 알지 못한다.

우리 옛 선비들은 스스로에 대해 아는 것을 공부의 으뜸으로 삼았다. 18세기 유언길(兪彦吉)이라는 사람이 자신의 집 이름을 스스로를 아는 집이라는 뜻에서 자지암(自知菴)이라 하였다. 그의 벗 이천보(李天輔)는 이를 두고 이렇게 말하였다.

"사람들의 근심은 남을 알아주지 못하는 데 있지 않고 자신을 알지 못하는 데 있다. 오직 자기를 알지 못하므로 남이 칭찬하면 기뻐하고 남이 비방하면 슬퍼한다. 천하의 색깔은 내가 내 눈으로 볼 뿐 남의 눈을 빌리지 않고, 천하의 소리는 내가 내 귀로 들을 뿐 남의 귀를 빌리지 않는다. 지금 내가 내 눈을 닫고 남의 눈으로 보고자 하고 내 귀를 닫고 남의 귀로 듣고자 하니 이것이 어찌 이치겠는가? 소리와 색깔은 외부로부터 이르는 것이지만 내가 보고 듣게 되는 것은 그 권능이 나에게 달려 있지 남에게 있지 않다. 하물며 내가 나를 알 수 없는데도 분주하게 남의 입에 오르기를 바라는 것은 병이 되지 않겠는가? 이 때문에 예전 군자들은 홀로 서서 남에게 굴하지 않았다. 분분하게 남에게 취함을 입어도 더 이익이 될 것이 없고, 횡하게 남으로부터 버림받아도 더 손해될 것이 없다는 것은 그 스스로 심히 밝게 알 것이다. 내가 진정한 내가 될 수 있는 것은 이 하나다."

진정한 내가 되기 위해서는 남의 눈과 귀가 아닌 나의 눈과 귀가 밝아야 한다. 이용휴(李用休)는 눈이 먼 정문조(鄭文祚)라는 사람에게 준 글에서 이렇게 적었다.

"눈은 둘이 있다. 하나는 외부를 보는 외안(外眼)이요, 다른 하나는 내부를 보는 내안(內眼)이다. 외안으로는 사물을 관찰하고 내안으로는 이치를 관찰한다. 어떤 사물이든 이치가 없는 것은 없다. 또 외안이 현혹되는 것은 반드시 내안으로 바르게 하여야 한다. 그렇다면 눈의 쓰임은 오로지 내안에 달려 있는 것이다. 또 눈이 외물에 가려지면 마음이 옮겨지니 외안이 도리어 내안의 해가 되어버린다. 이 때문에 옛사람이 처음 장님이었던 시절로 나를 돌려달라고 한 것이다."

육신의 눈이 아닌 마음의 눈을 뜰 때 진정한 내 모습이 보인다. 그리고 우리는 나를 보지 않고 남을 보면서 산다. 남에게 좋은 말을 듣고자 하고, 싫은 소리를 하면 화낸다. 이는 자신을 사랑하지 않는 일이다. 조선의 문인들은 도연명(陶淵明)의 시에서 "나 또한 내 집을 사랑하노라(吾亦愛吾廬)"는 구절을 빌려 애오려(愛吾廬)를 집의 이름으로 삼고, 나의 집을 사랑한다는 뜻이 아니라 나를 사랑하는 집이라는 뜻을 취하였다. 김종후(金鍾厚)는 벗 홍대용(洪大容)의 집 애오려에 붙인 글에서 "내 귀를 사랑하면 귀가 밝아지고 내 눈을 사랑하면 눈이 밝아진다(愛吾耳則聰, 愛吾目則明)"라는 명언을 남겼다. 원래 총(聰)은 귀가 밝은 것이요, 명(明)은 원래 명(明)으로 눈이 밝은 것을 가리킨다. 자신을 사랑하여 자신의 뜻을 굳게 지키면 귀가 밝고 눈이 밝아지는 총명(聰明)을 얻는다. 나의 눈과 나의 귀로 나를 보고자 하는 것은 어리석은 일이다.

국화에서 배우는 정신

조선의 선비들이 매우 사랑한 꽃들 중 하나가 국화이다. 국화는 건강에도 좋은 효능이 있다. 16세기의 학사 김인후(金麟厚)가 아내에게 준 시에서, "아내가 국화를 따온 것은, 시골 늙은이 오래 살라 한 뜻이라네(細君探菊來 以爲山翁壽)"라 한 데서 알 수 있듯이, 국화는 사람의 몸을 경쾌하게 하고 수명을 연장시키며 머리와 눈을 맑게 한다. 이 때문에 조선 선비들은 가을이 되면 국화를 술에 띄워 마시고 차로도 만들어 마셨다. 그리고 국화를 말려 붉은 베로 만든 자루에 넣어서 베개로 베면 머리와 눈이 시원해진다고 하였다.

조선의 선비는 국화를 두고서도 생생한 삶의 공부를 하였다. 국화는 은자나 선비의 절조를 상징하는 꽃이다. 대개의 꽃이 봄에 피는 데 비하여 국화는 서리가 내린 뒤에 꽃을 피운다 하여 그 오상고절(傲霜孤節)의 뜻을 기렸다. 중국의 소동파(蘇東坡)가 "국화는 시들어도 서리를 이기는 가지가 있다네(菊殘猶有傲霜枝)"라 하여 오상고절이 국화의 별칭이 되었다. 18세기 문인 이정보(李鼎輔)가 "국화야 너는 어이 3월 춘풍 다 지내고, 낙목한천(落木寒天)에 네 홀로 피었나니. 아마도 오상고절은 너뿐인가 하노라"라 노래한 바 있다. 이정보는 국화를 통하여 고상한 절조를 배우고자 하였다.

이에 비하여 18세기의 학자 신경준(申景濬)은 국화를 통하여 양보하는 정신을 배웠다. "봄과 여름이 교차할 때 온갖 꽃이 꽃망울을 터뜨려 울긋불긋 다투므로, 봄바람을 일러 꽃의 질투라는 뜻의 화투(花妬)라 한다. 국화는 입을 다물고 뒤로 물러나 있다가 여러 꽃이 마음을 다한 연후에 홀로 피어나 바람과 서리에 꺾이는 것을 고통으로 여기지 않는다. 그러니 양보하는 정신에 가깝다 하지 않겠는가?"라고 하였다. 국화는 강직하고 고결하여 여러 꽃과 그 피고 지는 것을 함께하지 않는다는 점에서 거만한 꽃이라고도 할 수 있지만, 시각을 바꾸어보면 사양하는 마음을 가진 꽃이라고 할 수 있다. 스스로의 힘과 지혜를 믿고 군림하고자 하는 사람들이 국화를 보고 이런 마음을 배웠으면 좋겠다.

99세까지 장수를 누린 조선 전기의 학자 홍유손(洪裕孫)은 국화가 늦게 피기 때문에 가치 있다고 하면서 너무 이른 성취를 경계하는 정신을 공부하였다. 출세가 늦다고 불평한 후학에게 이런 내용의 편지를 보내었다.

　"국화가 늦가을에 피어 된서리와 찬바람을 이기고 온갖 화훼 위에 홀로 우뚝한 것은 빠르지 않기 때문이라오. 세상 만물은 일찍 이루어지는 것이 오히려 재앙인 법이지요. 빠르지 않고 늦게 이루어지는 것이 그 기운을 굳게 할 수 있는 까닭은 무엇이겠소? 서서히 천지의 기운을 모아 흩어지지 않게 하고 억지로 정기를 강하게 조장하지 않으면서 세월이 흐름에 따라 자연스럽게 성취되기 때문이 아니겠소? 국화는 이른 봄에 싹이 돋고 초여름에 자라고 초가을에 무성하고 늦가을에 울창하므로 이렇게 되는 것이라오. 대개 사람이 세상을 살아가는 것도 이와 무엇이 다르겠소. 옛사람들이 일찍 벼슬길에 올라 영달하는 것을 경계했던 까닭도 이 때문이라오."

　홍유손은 국화를 두고 조숙(早熟)보다는 대기만성(大器晚成)이 중요하다는 공부를 하였다. 빠른 성취를 이루려다 낭패당하는 일이 한두 가지가 아니다. 국화를 보고 오히려 그 늦은 성장을 배울 일이다.

　하나 더, 국화의 노란빛을 보고도 공부할 것이 있다. 예나 지금이나 국화는 여러 가지 빛깔이 있지만 그래도 노란빛을 정색(正色)으로 한다. 황색은 중정(中正)과 중화(中和)의 상징이다. 황제가 황색 옷을 입는 뜻이 여기에 있다. 조선의 선비들도 불편부당(不偏

不黨)의 정신을 국화의 황색에서 배우고자 하였다. 이 땅의 고단한 백성을 다스리는 분들은 이 가을 국화를 보고 이래저래 배울 점이 많을 것 같다.

세상을 바꾸려거든 스스로 변화하라

최근 변화에 대한 요구가 많아지고 있다. 전통시대에 변(變)과 화(化)는 구분하여 쓰이기도 하였다. '변'은 새것과 엣것이 함께 섞여 있는 상태로 조금 바뀐 것을 이르고, '화'는 예전의 것이 사라지고 새로운 것만 남는 것을 이른다. 요즘 같으면 '변' 정도가 아니라 '화'의 개념으로 세상을 바꿀 필요가 있다 하겠다.

옛글을 읽다가 변화에 대한 글이 눈에 번쩍 들어왔다. 18세기 조경(趙璥)이라는 문인이 그의 장인 이천보가 응봉동 강가, 당시 신촌(新村)이라 부르던 마을에 지은 육화정에 붙인 〈육화정기(六化亭記)〉라는 글이 그것이다. 이 글에서 조경은 변화에 대해 이렇게 적었다.

"대개 만물 중에 변화하지 않는 것이 없지만, 모두 조물주가 변화하게 만든 것이다. 조물주가 변화시키기를 기다리지 않고서 스스로 변화할 수 있는 것은 변화 중에서 좋은 것이다. 이제 저 초목은 지각이 없어도 싹이 트고 무성하다가 시들어 떨어지기도 하며 썩어 반딧불이가 되기도 한다. 그리고 날짐승이나 길짐승, 벌레, 물고기, 조개 등이 기(氣)의 작용으로 움직이고 또 지각을 갖추고 있는데, 이들이 변화하는 것을 어찌 이루 다 말할 수 있겠는가? 그러나 그 변화를 당할 때 모두 부득이해서 그런 것이니, 이는 조물주가 변화를 시킨 것이요 스스로 변화한 것은 아니다. 사람도 또한 그러하다. 태어나서 머리카락이 길게 드리워졌다가 늙어 허옇게 바뀌어 죽게 되는데 그 사이 변화하지 않는 것 없으니, 식물이나 동물과 다른 점이 거의 없다. 다만 그 지각이란 것이 허명영묘(虛明靈妙)하여 헤아릴 수 없기 때문에 뜻만 크고 거칠기만 한 자도 변화하여 성인이 되고 능력이 시원찮은 자도 변화하여 현인이 되기도 한다. 《중용》에서 '어리석은 사람도 반드시 밝아지고 유약한 사람도 반드시 강해진다(愚者必明 柔者必强)'고 하였으니, 이는 모두 조물주의 변화를 빼앗아 스스로 변화를 창출한 것이라 하겠다. 변화가 자신으로부터 나오면 그 자신만 변화시킬 뿐 아니라 다른 사람이나 국가도 변화시킬 수 있으며, 거대한 천하도 또한 이로 말미암아 변화시킬 수 있다."

천지 만물 중에 변화하지 않는 것이 없지만 그 변화는 조물주의 힘에 의하여 저절로 그렇게 된 것이요, 스스로 변화하고자 하여 그

렇게 된 것이 아니다. 인간 역시 다르지 않아 조물주의 뜻에 따라 변화하기도 한다. 그러나 인간은 스스로의 의지에 의하여 변화하기도 한다. 조경은 인간의 이러한 주체적인 변화가 좋은 변화라 하였다. 주체적인 의지에 의한 변화는 자신뿐만 아니라 타인과 국가, 천하를 바꾸는 데까지 이를 수 있기 때문이다.

좋은 변화를 위해서는 각고의 노력이 필요하다. 《중용》에서는 어리석은 사람이 밝아지고 유약한 사람이 강해지기 위해서 "남이 한 번에 잘하면 나는 그것을 백 번이라도 하고, 남이 열 번에 잘하면 나는 그것을 천 번이라도 할 것이다(人一能之 己百之 人十能 之 己千之)"라 하였다. 이천보의 집 이름 '육화'는 육십화(六十化)를 줄인 말로, 춘추시대에 거백옥(蘧伯玉)이라는 사람이 예순의 나이가 될 때까지 육십 번이나 잘못된 점을 고쳤다는 고사에서 나온 말이다. 스스로의 의지를 가지고 나이가 들어서도 끊임없이 잘못을 고쳐 변화하고 이를 사회와 국가에까지 확충하는 것이 '육화'의 정신이다.

중국이나 우리나라 옛글에서 변화를 강조한 글이 참으로 많다. 《대학》에는 은(殷)나라 탕왕(湯王)이 욕조에다 새겨두었다는 "진실로 날로 새롭게 하려면 나날이 새롭게 하고 또 날로 새롭게 해야 한다(苟日新 日日新 又日新)"라는 구절, 그리고 "백성을 진작하여 새롭게 한다(作新民)"는 《서경》의 구절, "주는 낡은 나라지만 그 천명이 새롭다(周雖舊邦 其命維新新)"고 한 《시경》의 구절을 나란히 인용한 대목이 있다. 그 뜻에 대해 다양한 해석이 있지만 대체로 임금이 새로워지면 백성도 절로 새로워지고 그렇게 되면 나라도 새로워진다는 의미로 풀이된다. 나라를 바꾸기 위해서는 위정자의 변화가 필요하고 그 변화를 위해서는 남들보다 백배 천배 노력을 더하여야 할 것이며, 이러한 변화에 대한 노력은 끊임없이 지속되어야 할 것이다. 이것이 〈육화정기〉에서 배울 '육화'의 정신이다.

2부

일상의 공부

처음 이가 빠진 66세 어느 날

나이가 들어 잇몸이 약해지면 결국 이가 빠진다. 충격적인 순간이다. 김창흡(金昌翕)은 66세의 노년에 이가 빠지자 〈이가 빠진 것에 대하여(落齒說)〉라는 글을 지었다. 66세에 처음 이가 빠졌으니 행복한 사람이다. 그러나 처음에는 무척 놀랐다. 거울을 보니 입이 비뚤어지고 말도 분명하지 않다. 완전 딴사람이 되었다. 눈물이 펑펑 쏟아질 듯했다.

다시 생각을 고쳐 이를 가지고 사람을 네 부류로 나누었다. 이가 나지 않은 채 죽은 사람, 젖니를 갈기 전에 죽은 사람, 여덟 살 무렵의 간니를 가진 후 죽은 사람, 노년이 되어 다시 이가 돋아난 이후에 죽은 사람 등으로 나누었던 것이다. 자신은 환갑을 훨씬 넘긴 나이인지라 다시 이가 돋아나는 시기까지는 이르지 못하였지만 요절한 사람에 비하면 장수하였다. 게다가 마침 심한 흉년이 들어 이가 빠질 만큼 살지도 못하고 일찍 죽은 사람이 많은 것을 생각하면 자신의 이런 처지가 놀랄 일은 아니다. 하지만 살 만큼 살았다고 이가 빠진 것이 아무렇지 않은 것도 아니니 위안이 되지 않는다.

이가 빠지면 우선 섭생에 문제가 생긴다. 잘 먹지 못하면 체력이 약해진다. 억지로 음식을 먹고자 하더라도 이가 없으면 자꾸 흘리게 된다. 고기를 씹는 데는 오히려 쓴 독을 마시는 고통이 따른다. 먹지 못하면 매미의 창자처럼 텅 비고 거북이의 창자처럼 쪼그라들어 죽게 될 것이니 이 일을 어쩌랴? 그래도 선비가 먹는 것 때문에 고민하면 체면이 서지 않는다. 다른 논리를 찾아본다. 스스로 어릴 적부터 책을 즐겨 읽는다고 하였지만 산천 유람이 더욱 체질에 맞았다. 한가하게 책을 읽는 것은 노년의 소일거리로 남겨두었다. 그러나 이제 하루아침에 이가 빠져버리니 책 읽을 때 발음이 되지 않는다. 한때 글 읽는 소리를 자부하였는데, 신세가 참으로 슬프다.

김창흡은 아주 건강한 체질이었다. 장동김씨로 일컬어지는 17세기 최고의 명가에서 태어났지만 김창흡은 육창(六昌)이라 칭도 되는 그의 형제들과는 달리 벼슬길에 들어서지 않아 백운(白雲)의 길을 좋아하였다. 스무 살도 되기 전 개성의 천마산(天磨山)과 성거산(聖居山)을 유람하고 돌아와 〈천태산부(天台山賦)〉를 읽다가 홀연 산수의 흥이 일어 금강산으로 다시 여행을 떠났다는 일화가 그의 산수벽을 짐작게 한다. 비록 모친의 강권을 이기지 못하여 21세에 진사가 되었지만 과거는 그것으로 끝이었고 평생 한계산(寒溪山), 삼부연(三釜淵), 백운산(白雲山), 양근(楊根)의 벽계(蘗溪), 금강산 등 이름난 산천을 돌아다녔다. 66세가 된 이때에도 김창흡은 영평 백운산에서 지내다가 오대산, 벽계를 두루 돌았다. 스스로 한번 여행을 떠나면 천 리를 넘기기도 하였다는 것이 빈말이 아니었다. 함께 길을 나선 다른 동년배들은 발이 부르트고 허리가 구부정해졌지만 자신은 전혀 그렇지 않아 뻐기는 마음까지 있었다. 남들이 보면 무리라는 생각이 들 정도로 도성 안에 가만히 있지 못하고 먼 길을 나섰다가 어쩔 수 없는 노년의 한계로 지친 몸을 끌고 돌아와서는 후회하였다. 그러나 산수의 벽(癖)으로 다시 길을 떠나곤 하였다.

이러한 김창흡이었기에, 다소 힘이 부치기는 하지만 건강을 자부하다가 어느 날 갑작스럽게 이가 빠졌으니 그 충격이 대단하였을 것이다. 그러나 김창흡은 이가 빠짐으로써 오히려 스스로 노인이 되었음을 알아차리고 노인답게 행동하여야 함을 깨닫게 되었다. 《예기》에 예순이 되면 지팡이를 짚고 억지로 새로운 것을 배우려 들지 않는다는 구절을 무심코 대하다가 노인으로 사는 것이 순리임을 알게 된 것이다. 주자(朱子)는 노년에 눈이 어두워지자 오히려 이 때문에 독서보다 마음의 수양을 통하여 진리를 터득할 수 있었다. 주자가 좀 더 일찍 눈이 어두워졌더라면 진정한 공부가 더욱 빨리 이루어질 수 있었음을 안타까워한 것처럼, 김창흡도 66세가 되어 이가 빠지고 나서야 노인으로 살아야 한다는 사실을 깨달았으니, 이가 너무 늦게 빠졌다 한 것이다.

"저 육신이 노쇠하면 조용함으로 나아갈 수 있고 말이 어눌해지면 침묵을 지킬 수 있는 법이다. 살찐 고기를 씹는 것은 좋지 못하여도 담박한 것을 먹을 수 있고, 경전을 외우는 것이 유창하지 못하더라도 마음을 살필 수 있다. 조용함으로 나아가면 정신이 편안해지고, 침묵을 지킬 수 있으면 과실이 적어진다. 담박한 것을 먹으면 복이 온전해지고, 마음을 살피면 도가 굳건해진다. 그 손익의 형편을 따져본다면 많지 않겠는가? 대개 늙음을 잊는다는 것은 망령된 짓이요, 늙음을 탄식하는 것은 비루한 일이다. 망령되지 않고 비루하지 않은 것은 늙음을 편안히 여기는 것이리라. 편안히 여긴다는 말은 휴식하는 것이요 자적하는 것이다. 기쁜 마음으로 조화로움에 처하고 시원스럽게 변화를 따라 육신을 넘어서 노닐고 요절과 장수 때문에 마음을 달리하지 않는다면, 이것이 아마도 천명을 즐기면서 두려워하지 않는 것이 아니겠는가?"

깨달음을 얻은 김창흡은 이런 명언을 남겼다. "육체가 상해야 조용함을 찾을 수 있고, 말이 어눌해져야 침묵을 지킬 수 있다(形

之壞也, 可以就靜, 語之訛也, 可以守默)." 몸이 건강하면 가만히 있지
못하니 마음의 평정을 얻을 수 없다. 말이 절로 나오니 실수가 그
에 따라 나온다. 이러한 오류는 늙음을 가지고 막을 수 있다. 굳이
고기를 먹지 않으면 어떠랴, 책 읽는 소리가 유창하지 않으면 어
떠랴? 담박한 음식을 먹고 조용히 정신을 편하게 가지고 스스로를
돌아보면서 입을 다물어 허물을 줄여나갈 때이다. 그러면 복이 오
고 진리를 깨닫게 된다. 김창흡은 더욱 멋진 말을 하였다. "늙음을
잊으면 노망든 것이요, 늙음을 탄식하면 비루한 것이다(忘老者妄,
嘆老者卑)." 이런 깨달음에 이르면 바로 달관의 경지라 하겠다.

옛사람은 눈앞의 불행을 두고도 생각을 바꾸어 행복을 찾는 지
혜를 가졌다. 당(唐)의 문인 한유(韓愈)는 "이가 모두 빠지자, 비로
소 혀 부드러운 것 사모하게 되었네(自從齒牙缺, 始慕舌爲柔)"라 하
였다. 《공총자(孔叢子)》에는 노래자(老萊子)가 "치아는 강함으로
인하여 끝내 다 닳아지게 되고, 혀는 부드러움으로 인하여 끝까지
상하지 않는다(齒堅剛卒盡相磨, 舌柔順終以不弊)"라 한 바 있다. 이
가 빠진 일을 통하여 부드러움이 강함을 이긴다는 진리를 깨닫고
모나지 않은 삶을 살겠노라는 깨달음을 얻게 된다.

단풍잎 편지

　그 곱던 단풍잎이 바람에 날려 길에 뒹굴고 있다. 왠지 몸이 스산한 것은 날이 차서만은 아닌 듯하다. 따뜻한 정이 그리운 것인지도 모르겠다. 마음이 쓸쓸하다면 고운 단풍잎 하나 주워 짧은 글 하나 써서 사랑하는 사람에게 보내면 어떨까 싶다.

　서영보(徐榮輔)는 1806년 가을 금강산으로 여행을 떠났다. 명찰 장안사(長安寺)에 묵으면서 벗 이만수(李晩秀)에게 편지를 보냈다. "공께서도 내가 금강산에 들어왔다는 소식을 들었겠지요. 공도 내가 당신을 그리워하는 것과 같은 마음이겠구려. 이에 등잔불 앞에 나가서 눈을 비비고 이렇게 편지를 쓰오. 금성에 계신 당숙에게 부탁하여 편지를 보낼 터이니, 편지가 도착하여 열어보면 한바탕 슬픔이 일겠지요. 금강산은 풍악(楓嶽)이라고도 부르니, 붉은 단풍잎이 이 때문에 절로 더욱 곱소. 한 가지 꺾어 편지에 넣어 보내오.

이를 보시면 금강산 1만 2천 봉우리가 모두 이 단풍잎으로 덮여 있음을 멀리서도 알 수 있겠지요." 함께 금강산 구경을 가지 못한 벗에게 단풍잎에다 시를 쓰고 편지에 넣어 함께 보낸 것이다.

이때 이만수는 함경도에서 벼슬을 살고 있었다. 그 역시 그곳의 아름다운 풍광을 벗과 함께하지 못한 것을 안타까워하고 있었다. 그러던 차에 운치 있는 벗의 편지를 받고 막 짓고 있던 누각 이름을 홍엽루(紅葉樓)라 하고, 또 '홍엽첩(紅葉帖)'이라는 이름의 시집을 엮었다. 이 시집은 서영보가 보낸 단풍잎과 편지에다 자신의 시를 보탠 것이었다.

이만수는 평안도의 묘향산을 유람하고 있던 또 다른 벗 김조순(金祖淳)에게도 같은 시집과 단풍잎을 보내었다. 이 단풍잎은 서영보가 이만수에게 보낸 것과 같은 가지에 붙어 있던 것이니, 세 사람의 우정을 이렇게 표한 것이다. 김조순은 이 단풍잎을 연적 상자 안에 넣어두고 대신 《홍엽첩》에는 단풍 모양 그대로 모사해서 그린 다음 발문을 지어 다시 보내었다. 그리고 "붉은 단풍 가지 잡고 가을 든 묘향산 올랐더니, 금강산 놀러 간 죽석관 노인이 그리워지네. 이 단풍잎 지금 눈물로 감싼 것인데, 누굴 시켜 벼루에 넣고 누각 이름으로 삼게 하였나?(絳枝攀取玅香秋 緬憶金剛竹老遊 此葉如今堪裏淚 敎誰藏硯與名樓)"라 시를 지었다.

벗에게 단풍잎과 함께 시집을 보낸 후 서영보는 이 시집 앞에

서문을 적었다. "마음은 몸을 부리는 존재다. 마음에 묘한 것이 있어 말로 하는 것을 신(神)이라 한다. 신이 운용될 때에는 순식간에 움직이지만 털끝처럼 작은 것도 포괄한다. 잡아도 그 단서를 헤아릴 수 없고 살펴도 형체나 소리를 알 수 없다. 이 때문에 신이 응집된 것은 기약하지 않아도 이르고 맹세하지 않아도 믿음직스러우며 말하지 않아도 깨우친다. 사랑은 부모나 자식보다 독실한 것이 없겠지만 서로 깊이 사귄 벗이 오히려 더 친밀하니, 곧 정신이 모인 신회(神會)이기 때문이다." 서영보는 혈연의 만남보다 벗과의 정신의 만남이 오히려 독실하다 하였다.

삭막한 세상에서 단풍잎을 두고 호들갑 떤 이런 우정이 그립다. 혹 남녀의 사랑이 그리운 사람이라면 더욱 붉은 단풍잎이 소중하다. 붉은 단풍잎에 시를 쓴 일을 두고 애틋한 사연이 전한다. 당나라 때 궁녀 한씨(韓氏)는 "흐르는 물 어이 그리 급한가, 구중궁궐 하루 종일 한가하기만 한데. 은근히 붉은 단풍잎 흘려보내니, 인간 세상으로 잘도 가거라(流水何太急 深宮盡日閒 慇懃付紅葉 好去到人間)"는 시를 써 대궐의 개울에 흘려보냈다. 우연히 우우(于祐)라는 사람이 이 단풍잎을 보고 답하는 시를 다른 단풍잎에 적어 대궐 상류의 개울에 띄워 보내었고, 궁녀가 다시 이를 보게 되었다. 훗날 궁녀가 대궐에서 나와 혼인하게 되었는데 바로 남편이 우우였다. 이 기이한 인연을 두고 한씨는 "한 구절 아름다운 시가 개울

따라 왔으니, 10년 세월 남모를 시름이 가슴에 가득했지. 오늘에야 봉황이 짝을 이루었으니, 붉은 단풍잎이 중매 잘한 줄 이제야 알겠네(一聯佳句隨流水 十載幽愁滿素懷 今日已成鸞鳳侶 方知紅葉是良媒)"라 하였다. 청춘의 남녀가 단풍잎에 쓴 시를 매개로 하여 가연(佳緣)을 맺었던 것이다. 혹 아름다운 인연을 맺고 싶은 상대가 있으면 먼저 단풍잎에 글을 지어 보내면 단풍잎이 중매의 신이 될지도 모른다.

섭구충의 경계하는 마음

이덕무(李德懋)의《이목구심서(耳目口心書)》라는 책은 그 제목이 묘하다. 귀[耳]와 눈[目]은 바늘구멍 같고 입[口]은 지렁이 구멍 같으며 마음[心]은 개자(芥子)만 하다는 뜻이다. 눈과 귀와 입을 닫고 마음을 조심하며 살겠다는 뜻으로 붙인 이름이다. 이에 벗 박지원(朴趾源)은 그를 섭구충(囁懼蟲)이라 놀렸다. 섭구(囁懼)는 박지원이 만들어낸 가상의 벌레다. 섭(囁)이라는 글자는 입[口]이 하나고 귀[耳]가 셋 모인 글자다. 그리고 구(懼)는 마음[心]과 두 개의 눈[目]이 들어간 글자다. 이러한 한자를 재구성하여 말을 함부로 하지 않고 늘 두려운 마음을 갖는 벌레 섭구를 만들어낸 것이다.

이를 두고 이덕무는 이렇게 부연하였다. "섭구란 무슨 말인가? 귀와 눈과 입과 마음을 말한다. 섭(囁)은 말을 함부로 하지 않는다는 뜻이고 구(懼)는 두려운 것으로 조심조심한다는 뜻인데,《이목구심서》의 내용이 대체로 그런 것들이기 때문이다. 어떤 이가 눈이 둘, 입이 하나, 마음이 하나인 것은 그렇겠지만 귀는 왜 셋인가 묻기에, 그것은 귀로 듣는 것이 눈으로 보고 입으로 말하고 마음으로 생각하는 것보다 많고자 하여 그런 것이라고 하였다."

그래서《이목구심서》에는 험한 세상에서 두려운 마음으로 살아가도록 하는 성찰의 글이 많다. "서북쪽의 구석진 돌담은 내가 오줌을 누는 곳이다. 그 돌담에는 사향쥐의 구멍이 있어, 그 냄새가 밖으로 새어나온다. 오줌 눌 때마다 굴을 파내고 쥐를 잡아 포를 뜰 생각이 들었지만 그때마다 살생은 경계해야겠다는 생각이 났다. 날마다 이렇게 생각하면서도 그 생각을 쾌히 떨쳐버리지 못하였지만 그래도 계속 노력하니, 지금은 그런 생각이 끊어져 죽일 생각이 일어나지 않는다. 이런 것은 하찮은 일이지만 이보다 더 큰 일에도 힘쓸 것이 아니겠는가!"

이러한 경계하는 마음이 바로 성찰의 공부다. 글씨로 명성이 높은 18세기 문인 김상숙(金相肅)은 감옥소에 다녀온 후 이런 공부를 하였다. 그는 젊어서부터 살생을 좋아하지 않았지만 그렇다고 육식을 완전히 끊지는 못하였다. 그러다가 중년에 와서야 비로소 돼지와 소 고기를 먹지 않게 되었다. 그렇지만 게와 조개를 워낙 좋아하여 이것을 먹는 즐거움은 잊지 못하였다.

그러다가 어느 날 죄를 얻어 하옥되었다. 처음에 다시는 감옥에서 나오지 못할 것이라 생각하였지만 다행히 천신만고 끝에 석방되었다. 그리고 다시는 살아 있는 게와 조개 두 가지는 잡아먹지 않겠노라 다짐하였다. 누군가 보내준 게나 조개가 있으면 강물에 모두 던졌다. 그렇다고 하여 게나 조개가 다시 살아날 이치가 없겠지만, 그럼에도 만에 하나 살아나기를 바랐다. 또 살아나게 하지는 못하더라도 자신의 눈앞에서 삶겨 죽는 것보다는 낫다고 여겼다. 무엇을 바라서 그러한 것이 아니었다. 직접 환란을 겪어보니, 부엌에서 죽음을 앞두고 떨고 있는 닭과 오리가 자신의 처지와 다름없었기 때문이었다. 그래서 김상숙은 다시는 먹는 것 때문에 생명이 있는 것에게 무한한 공포와 고통을 주지 않으려 다짐하였다.《배와서법(坯窩書法)》이라는 필첩에 이러한 내용의 글이 실려 있다.

이 글의 마지막에서 "그렇지만 한스럽게도 맛을 잊을 수가 없어서 저절로 죽은 것은 먹었다"라고 했으니, 남의 살을 먹지 않는 것이 참으로 어려움을 알 수 있다. 그럼에도 성찰을 통해 나보다 약한 존재를 배려하는 선한 마음은 기를 수 있었다. 김상숙의 이러한 성찰은 조물주 앞에 선 인간의 운명이, 인간의 손아귀에 든 짐승의 목숨 줄과 한가지라는 인식으로 연결되어 있다.

"사람의 운명은 이를 관장하는 존재에게 달려 있고, 닭과 개의 운명은 그 주인에게 달려 있다. 저 닭과 개는 사람과 지극히 가깝다. 개를 키워 사립문을 지키게 하고 닭을 키워 새벽에 울게 하니, 이들은 부르면 바로 달려온다. 뼈다귀나 낟알을 던져주면 꼬리를 흔들거나 주둥이를 숙이고 먹고 처마 밑에서 함께 잠을 잔다. 그러다가 한밤중에 주인이 아이 종을 불러 '내일 아침에 무슨 일이 있으니 어느 닭을 잡고 어느 개를 잡아서 쓰도록 해라' 한다. 닭과 개는 지척지간에 있지만 무슨 일인지 알지 못한다. 아침이 되어 아이 종이 닭의 목을 베고 개의 배를 갈라 삶을 것인데도 닭이나 개는 끝내 깨닫지 못하고 도망가는 놈이 없다."

〈척어(惕語)〉, 곧 두려움의 글은 이렇게 이어진다. 어리석은 것은 닭과 개만이 아니다. 하늘과 귀신은 사람의 운명을 관장하는데 사람이 하늘에 죄를 지으면 귀신이 미워하고 화를 내지만 당장 그를 징치하지는 않는다. 그러면 자신의 죄를 알지 못하고 어리석게도 더욱 교만한 마음을 갖는다. 끝없는 탐욕으로 온갖 음란하고 패악한 짓을 멋대로 한다. 남의 것을 빼앗아 화려하게 옷을 해 입고 고대광실에서 산다. 하늘과 귀신이 그 곁에서 손뼉 치며 비웃는다는 사실을 알지 못한다. 얼마 있지 않아 그를 형벌과 죽음으로 밀어 넣을 지경이라는 사실도 깨닫지 못한다. 조물주 앞에 선 인간이 닭이나 개와 다를 바 없다. 이런 성찰에 이르면 나보다 약하다 하여 함부로 할 수 있겠는가! 조물주 앞에 '섭구충'이 되어야 하는 까닭이 여기에 있다.

분노를 다스리는 법

요즘 세상 돌아가는 것을 보면 가히 분노의 시대라 할 만하다. 분노의 원인은 여러 가지가 있지만 대개 남보다 잘났는데 알아주지 않는 데서 생길 때가 많다. 조선 중기의 학자 이현석(李玄錫)은 아우에게 보낸 편지에서 "요즘 사람들은 말로 남을 굴복시키지 못하면 수치로 여기고, 기운으로 남을 깔아뭉개지 못하면 수치로 여긴다"고 하였다.

사소한 것을 두고 제 뜻과 같지 못하다 하여 분노하는 것은 소인배의 처신이다. 근대의 문인 김윤식(金允植)은 노년에 지은 글에서 "사소한 일을 보고 사소한 말을 듣고 눈썹을 찌푸리고 눈알을 부라려서 하루 사이에도 몇 차례나 낯이 붉어진다. 그러나 중대한 일이나 중대한 말을 당하게 되면 기운이 빠지고 위세가 사라지며, 머뭇머뭇 물러난다"라 하였다. 큰 용기가 없는 사람은 이렇게 작은 일에 분노하는 법이다. 이현석은 "분노와 욕심이 막 부글부글 끓어오를 때 문득 시원하게 이를 없애버리는 일은 천하의 큰 용기가 없다면 할 수 없다"라 하였다.

큰 용기가 있어 크게 성내는 것이 군자의 분노다. 김윤식은 순(舜)임금이 흉악한 네 명의 권신 사흉(四凶)을 제거한 것과, 탕왕(湯王)과 무왕(武王)이 폭군을 몰아낸 것, 공자가 간신의 우두머리 소정묘(小正卯)를 죽인 것과 같은 것이 군자의 큰 분노라 하였다. 군자의 분노는 크게는 천하를 뒤흔들고 작게는 국가를 움직이며 그 혜택은 당세를 덮고 그 명예는 무궁하게 드리워진다고 하였다. 이런 것은 의리(義理)의 분노이므로 잊어서는 아니 된다.

조선의 선비들이 스승으로 떠받드는 주희(朱熹)는 "기쁨과 성냄은 사람의 마음이요, 기뻐해야 할 것은 기뻐하고, 성내야 할 것은 성을 내는 것이 도의 마음이다(喜怒, 人心也, 喜其所當喜, 怒其所當怒, 乃道心也)"라 하였고, 그의 벗 장식(張栻)은 "혈기에서 나오는 분노는 없어야 하지만, 의리에서 나오는 분노는 있어야 한다(血氣之怒不可有, 理義之怒不可無)"라 하였다. 대부분의 분노는 혈기에서 나오므로 분노라는 것이 마땅하지 않으므로 잊어야 한다. 성리학자들은 이를 망노관리(忘怒觀理)라고 하였다. 잠시 화를 가라앉힌 후 천천히 이치를 따져보라는 말이다. 19세기의 문인 홍직필(洪直弼)은 "분노를 잊으면 공정해지고 이치를 살피면 순조롭다(忘怒則

公 觀理則順)"는 명언을 남겼다.

불교에도 백골관(白骨觀)이라는 마음을 다스리는 방법이 있다. 명나라 진계유(陳繼儒)의 글에 따르면, 오른쪽 엄지발가락에 종기가 나서 점차 문드러져 농이 흐르고 이것이 점점 번져 정강이와 무릎, 허리까지 이르고 다시 온몸에 미치게 되어서 모든 육신이 다 문드러져 백골만 남게 되는 과정을 깊게 생각하다 보면 일시의 분노를 잊을 수 있게 된다고 하였다.

우리 몸이 백골이 되어가는 과정을 천천히 생각하는 일이 너무 끔찍하다면 이런 글을 읽는 것도 좋을 듯하다.

"나는 들꽃을 가족으로 삼고 꾀꼬리를 풍악으로 삼아, 가슴속에 하나도 끌리는 것이 없다오. 해가 바지랑대보다 길어지면 일어나 한 사발의 보리밥을 먹소. 달기가 꿀과 같지요. 매번 당신을 떠올리면 감정의 뿌리가 마음을 닫고 분노한 기운이 가슴을 막을 듯하오. 낮에는 눈을 부라리고 팔뚝을 걷어붙이며 목과 얼굴까지 모두 벌겋게 되어 눈 내리듯 침을 튀기느라 밥상을 대하고도 먹는 것을 잊고 있겠지요. 밤이면 외로운 등불이 깜박거리는데 비단이불조차 따뜻함을 느끼지 못하고 길게 한숨 쉬고 짧게 탄식하느라 전전반측하는 모습이 떠오르오. 황면노자(黃面老子)의 백골관법(白骨觀法)으로 그 수심을 없애주지 못하여 한스럽소."

18세기를 전후한 시기의 학자 이만부(李萬敷)가 분노로 인해 먹는 것과 자는 것조차 잊고 있는 벗에게 보낸 편지다. 직접 벗의 분노를 풀어주지 못하여 한스럽다고 하였지만 이 편지글 자체가 문학으로 말한 백골관이다. 들꽃을 가족으로 삼고 산새를 풍악으로 삼아 느지막이 일어나 보리밥 한 사발 먹는 즐거움을 떠올리면, 일순의 분노가 절로 풀릴 것이라 한 것이다. 많이 가진 사람들은 잘난 것을 알아주지 않는다 하여 분노하고 적게 가진 사람들은 그런 그들을 보고 더욱 분노하니, 온 세상은 점점 분노로 가득 차고 있다. 세상이 공평하지 못하고 남들이 알아주지 않는다 하여 분노가 일 때 이만부의 글이 그 뜨거운 열기를 식혀줄 수 있을 듯하다.

남편과 자식이 없었다면

　양을 잃어버린다는 뜻의 망양(亡羊)이라는 말이 있다. 《장자(莊子)》에는 두 사람이 양을 치고 있는데 한 사람은 책을 읽느라, 다른 사람은 노름하다가 양을 잃어버렸다는 이야기가 실려 있다. 이유야 다르지만 양을 잃어버린 것은 마찬가지라는 말인데, 외물에 정신이 팔려 본성을 잃어버린 것을 비유한다. 도망한 양을 쫓다가 갈림길이 많은 데 이르러 마침내 포기하고 돌아왔다는 이야기도 《장자》에 실려 있다. 학문의 방향을 잃어서 진리를 깨닫지 못하는 것을 비유한 것이다. 또 양을 잃고 우리를 수리한다는 망양보뢰(亡羊補牢)의 고사가 《전국책(戰國策)》에 보인다. 순한 존재의 상징인 양을 보고 오히려 정신을 바짝 차려야 할 것이라는 생각이 든다.

　18세기 무렵의 학자 이광정(李光庭)은 《망양록(亡羊錄)》이라는 책을 지어 정신을 놓고 사는 세상 사람들을 풍자하였다. 그중 한 노파에 대한 이야기가 정신이 번쩍 들게 한다. 어떤 관리가 움막에 사는 구부정한 노파를 보고 무슨 낙이 있을까 비웃었다. 이에 노파는 "하늘이 나에게 복을 내려 여자로 태어나게 했고, 나를 즐겁게 하려고 미천하게 살게 했으며, 나를 편안하게 하려고 열심히 일하게 했고, 나를 행복하게 하려고 질병을 주었으며, 나를 영화롭게 하려고 굶주림과 추위에 떨게 했지요"라고 답했다.

의아한 관리가 다시 묻자 노파는 하나하나 설명을 해나갔다. 남자들은 제 입 하나 풀칠하기 어려운데도 국가에 세금을 물어야 하고 부모를 봉양하고 자식을 먹여 살리느라 온갖 고생을 겪으면서 죽을 날만 기다리니 자신은 여자로 태어난 것이 복이라 했다. 부귀영화를 누리는 고관대작이 얼마 지나지 않아 죽음당하는 것을 보면 자신의 미천함이 오히려 다행이라 했다. 놀고먹다가 천벌받는 것보다 열심히 노동해서 가난하지만 굶어 죽지 않는 것이 행복이라 했다. 젊은 여인들이 세금을 내지 못하여 욕을 보지만 자신은 병자라서 그런 수모를 당하지 않는다 했다. 굶주림과 추위도 싫긴 하지만 좀 더 나은 옷과 밥을 찾다 보면 욕심이 끝없을 것이니 차라리 참고 견디는 것이 오히려 마음 편하다고 했다.

이에 관리가 노파에게 즐겁기만 하고 다른 근심은 없는지 물었다. 그러자 노파는 남편이 있고 자식이 있는 것이 근심이라 했다. 혼자 살기 어려워 가정을 꾸렸더니 남편의 군역과 세금 때문에, 그

것도 도망간 친척의 몫까지 부담하느라 눈코 뜰 새 없어 곱던 얼굴이 말라비틀어졌다고 했다. 그리고 이렇게 덧붙였다.

"이 늙은이가 젊을 때는 꼭 좋은 옷을 입고 꼭 정갈한 음식을 가려 먹었으며 용모는 반드시 치장을 하고 걸음걸이는 반드시 조신하였으니, 병들어도 남들이 알지 못했답니다. 남편이 있고 나서는 낡고 때 묻은 옷이나, 죽과 같이 거친 음식도 싫어할 줄 모르게 되고, 용모를 가꾸거나 걸음걸이를 조신하게 할 겨를이 없으며, 병들어도 나 자신이 알지를 못하게 되었지요. 아들이 생긴 이래 고쟁이는 무릎을 가릴 수도 없고 윗옷도 팔뚝이 드러났지요. 곡식 낟알이나 술지게미를 두고 닭이나 개와 다투느라 빗질도 해본 적 없고 땟국이 몸에서 빠지지 못했지요. 스스로 가련하여 거울을 보았더니, 머리는 봉두난발로 구름처럼 부풀고 번지르르한 예전 모습이 아니었으며, 눈은 움푹 들어가 멍해져 별처럼 반짝이던 옛 모습은 없어지게 되었답니다."

불과 10년 세월에 다른 사람이 되어버린 자신을 보고 있으려니 앞서 든 다섯 가지 즐거움을 즐길 수 없게 되었노라 하면서 한숨을 쉬었다. 이 말을 들은 관리는 노파를 칭송하여 군자라 하였지만, 이광정이 이 이야기를 적은 속마음은 다른 데 있다. 여자로 태어나 미천한 신분으로 가난에 찌들고 노동과 질병으로 고생하는 것이 오히려 노파의 행복이라 한 말은 뼈를 찌르는 풍자다. 눈 밝은 임금이 세상을 다스릴 때는 백성은 걸림 없이 유유자적해진다는 말을 덧붙여, 지금 그런 세상이 아님을 안타까워한 것이다. 3백년 전 이광정의 글에 적힌 노파의 말이 오늘날 너무 자주 들려온다. 예나 지금이나 가정을 꾸리는 즐거움을 누릴 수 있게 하는 것이 정치의 기본이 아니겠는가!

병 때문에 한가할 수 있다

《예기(禮記)》에 "도를 향해 전진하다가 힘이 다하면 중도에 쓰러질지언정, 몸이 늙어가는 것도 잊고 여생이 얼마 되지 않는 것도 알지 못한 채, 애면글면 날마다 힘을 쏟아서 죽은 뒤에야 그만둔다(鄉道而行 中道而廢 忘身之老也 不知年數之不足 俛焉日有孶孶 斃而後已)"라는 공자의 비장한 말이 나온다. 큰 꿈을 꾸던 젊은 시절에는 강렬한 이 말을 좋아하였지만 나이가 들면서 감당하기가 그리쉽지 않다. 옛사람들이 휴(休)라는 글자를 좋아한 것을 이제 나도좋아하게 되었다. 쉬고 싶어도 마음대로 쉬지 못하기 때문일 것이다.

당나라의 사공도(司空圖)는 자신의 정자를 삼휴정(三休亭)이라하면서 "재주를 헤아려보니 쉬는 것이 마땅하고, 분수를 따져보니 쉬는 것이 마땅하고, 늙어서 귀가 먹었으니 쉬는 것이 마땅하다"라 하였다. 송나라의 손방(孫昉)은 "거친 차와 맨밥에도 배부르면 바로 쉬고, 누더기 옷이라도 몸만 따뜻하면 바로 쉬며, 살림살이 그럭저럭 지낼 만하면 바로 쉬고, 욕심도 시기도 하지 않고 늙으면 바로 쉰다"라는 뜻에서 자신의 호를 사휴거사(四休居士)라고 하였다.

이렇게 자신의 별호나 정자 이름에 '휴'를 넣어 휴식을 얻고자 하였지만 그만큼 휴식은 얻기 어려웠음을 짐작할 수 있다. 조선 초기 강희맹(姜希孟)은 만휴정(萬休亭)이라는 정자를 짓고 사는 벗에게 이렇게 말하였다.

"사람들이 지극한 즐거움이 있는데도 즐거움으로 여기지 않고 지극한 병이 있는데도 병으로 여기지 않는다네. (……) 사람은 쉬지 않는 것이 병인데, 세상은 쉬지 않는 것을 즐거워하니 어찌 그러한 것일까? 사람의 수명은 그리 길지 않아서 백 살까지 사는 사람은 만 명 가운데 한둘도 되지 않네. 설령 있다 해도 어려서 아무것도 모를 때와 늙어서 병든 때를 제외하면 건강하게 일할 수 있는 기간은 사오십 년에 불과하네. 또 영욕(榮辱)과 승침(昇沈), 손익(損益)과 애환(哀歡)을 겪느라 나에게 병이 되어 나의 참된 모습을 해친 기간을 제외하면, 느긋하게 즐거워하고 마음껏 쉴 수 있는 날은 수십 일에 불과하다네. 게다가 백 년도 못 사는 인생, 끝없는 우환을 겪어야 하지 않는가. 이것이야말로 세상 사람들이 우환에 시달리면서도 끝내 쉴 기약이 없는 까닭이라네."

　인생에서 참된 마음으로 휴식의 즐거움을 누릴 수 있는 날은 과연 며칠이나 될까? 바쁜 일상에 허덕이다가 몸에 병이 났을 때에야 휴식을 취하고, 또 그제야 휴식의 중요성을 깨닫게 된다. 소동파(蘇東坡)는 "병 때문에 한가할 수 있으니 그다지 나쁘지 않네, 마음 편한 게 약이지 달리 처방이 있겠는가(因病得閒殊不惡 安心是藥更無方)"라는 명구를 남겼다. 숙종 때의 학자 최창대(崔昌大)는 젊은 시절부터 병이 잦아 그 때문에 자주 휴식을 취해야 했다. 소동파의 이 구절을 매번 읊조리다가 1700년 서른이 갓 넘은 나이에 병이 있어야 한가로울 수 있고 한가로워야 참된 마음을 얻을 수 있다는 진리를 깨달았다. 그 깨달음을 〈참마음의 노래(眞心吟)〉에 이렇게 담았다.

　　병 때문에 한가할 수 있으니 그다지 나쁘지 않네,

　　한가함을 얻고서야 참마음을 볼 수 있게 되었으니.

　　참마음은 필경 다른 것이 아니니,

　　그저 자신의 마음속에서 찾아야 하는 것.

　　병 때문에 한가할 수 있으니 그다지 나쁘지 않네,

　　한가함을 얻고서야 참마음을 볼 수 있게 되었으니.

　　참마음은 생각해서 얻을 겨를이 없으니,

생각을 거치면 바로 그 침해를 받는 법.

因病得閒殊不惡　得閒因得見眞心

眞心畢竟無他物　只向渠家裏面尋

因病得閑殊不惡　得閑因得見眞心

眞心不暇思量得　纔涉思量被物侵

병이 있어 쉬고 쉬다 보면 마음이 맑아진다. 조급증에 고민만
거듭하다 보면 몸뿐만 아니라 마음도 병이 깊어진다. 최창대의 증
조부 최명길(崔鳴吉)은 "늘그막에 시계 소리 재촉함을 탄식하지
마라, 어두운 길에는 반드시 촛불을 의지해야 할지니(老去莫嗟鍾漏
促 冥行須待燭花燃)"라는 명언을 남겼다. 시간이 없다 서둘러 밤길
을 갈 게 아니라 길이 훤해질 때까지 쉬었다가 가면 좋을 것이라
는 뜻이다.

색을 멀리하는 법

한 분야에서 일가(一家)를 이루어 세상에 크게 이름을 떨치다가 정욕으로 한순간에 인생을 그르친 사람이 많다. 예나 지금이나 가장 다스리기 힘든 것이 정욕이다. "색계의 문제에서 영웅과 열사가 없다(色戒上 無英雄烈士)"는 옛말이 그래서 나온 모양이다. 야사에 따르면 퇴계(退溪) 이황(李滉)과 남명(南冥) 조식(曹植)이 나란히 앉아 여색을 두고 이야기를 나누는데, 이황이 "술과 여색은 사람이 좋아하는 것인데, 술은 참기 쉽지만 여색은 참으로 참기 어렵다오"라 하였고, 조식은 "나도 여색에 있어서는 패장(敗將)이나 다름없다오"라 하였다.

사람이라면 남녀의 욕정이 없을 수 없기에 마음을 수양하는 학자들은 여색(女色)을 멀리하는 방법을 고민하였다. 고려의 문호 이규보(李奎報)는 〈여색에 대한 깨우침(色喩)〉이라는 글을 지어 "검은 머리와 흰 피부를 예쁘게 꾸미고서 마음과 눈짓으로 유혹하여 한 번 웃으면 나라가 휘청거린다. 이런 여인을 보고 만나는 사람은 다 어쩔해지고 다 혹하게 되니, 형제나 친척도 사랑하고 아끼는 마음이 그에 미치지 못하게 된다"라 했다. 이렇게 하여 잘못된 욕정이 자신을 망치고 사회와 국가까지 멍들게 한다.

어찌해야 하는가? 이규보는 "아리따운 눈동자는 칼날이요, 둥그런 눈썹은 도끼며, 도톰한 볼은 독약이고, 매끈한 살갗은 좀벌레다"라고 했다. 도끼로 찍고 칼날로 베고 좀벌레가 파먹고 독약으로 괴롭히면 사람이 살아날 수 없으므로 여색을 사람 죽이는 도적과 같이 보아야 한다고 하였다.

그러나 눈앞의 아름다운 여인이 어찌 강도처럼 보이겠으며 자신을 죽일 것이라 여기겠는가? 이규보는 다른 방법을 생각해내었다. 천하에서 가장 못생긴 여인의 얼굴을 수천 개, 수만 개를 만들어 아름다운 여인의 얼굴에 덮어씌우고, 잘생긴 여자를 유혹하는 인간은 눈알을 도려낸 다음에 바르고 곧은 눈으로 바꾸며, 음란한 자는 철석간장(鐵石肝腸)을 만들어 그 배 속에다 집어넣을 것이라 했다. 그렇게 한다면 아무리 아름답게 꾸민 여인이라 하더라도 똥과 흙을 덮어쓴 것처럼 여길 것이라 하였다.

이규보는 삼혹호(三酷好) 선생이라 하여 거문고와 시와 술을 매우 좋아하였다. 그러고도 여색에 빠지지 않기는 참으로 어려울 것이다. 그래서 이렇게 과격하게 여색을 멀리하는 법을 말한 것이리라. 이규보는 〈우레 치는 날의 생각(雷說)〉이라는 글에서 우렛소리를 듣고 가슴이 철렁하여 잘못한 일이 없는지 거듭 반성했다면서 이런 일을 소개하였다. 《춘추좌씨전(春秋左氏傳)》을 읽다가 화보(華父)라는 자가 아름다운 여인과 마주쳤을 때 눈길을 떼지 못한 대목에 이르러 화보가 참으로 잘못이라 탄식하였다. 그래서 이규보는 평소 길을 가다가 아름다운 여인을 만나면 눈을 마주치지 않으려고 고개를 숙인 채 몸을 돌려 달려갔지만, 고개를 숙이고 몸을 돌려 달려가더라도 마음이 전혀 없지는 않았다고 반성하였다. 그렇게 조심하던 이규보였지만 74세의 노령에 어떤 미인과 몸을 비비고 노는 꿈을 꾸었다. 방사(房事)를 끊은 지 오래되었건만 어찌 이리 해괴한 꿈을 꾸었을까 고민하는 시를 남긴 바 있다.

여색을 멀리하는 것이 이렇게 어려운가 보다. 당나라 여암(呂巖)은 번뇌와 탐욕과 정욕을 끊기 위해 세 자루 칼을 늘 차고 다녔다고 한다. 또 효종은 《자경편(自警編)》이라는 책에, 욕정을 참지 못한 사람이 늘 부모의 초상화를 걸어놓고 그 밑에서 잠을 잤다고 하는 일화를 들고 의미가 있다고 하였다. 칼을 차고 다니든가, 부모님의 사진을 가까이 두고 있으면 도움이 될 것인가? 좀 더 솔깃한 방법이 있다.

18세기의 학자 성대중(成大中)이 그 방법을 적었다. 그는 나이가 예순인데도 피부가 팽팽하고 윤기가 흘렀다. 훤한 얼굴과 하얀 머리카락이 사람들의 눈을 시원하게 하였다. 노인의 기색이라고는 찾을 수 없었다. 평생 약이라곤 입에 넣어본 적도 없었다. "사람마다 몸에 제각기 약이 있지만 사람들이 이를 알지 못한다(人人身上自各有藥 但人不知耳)"고 하면서 자신의 비결은 약이 아니라 자제력에 있다고 하였다.

"어릴 적에 병약하여 열대여섯이 되도록 음란한 일을 알지 못했다. 17세에 가정을 꾸렸지만 남녀의 일을 잘하지 못하여 1년에 겨우 몇 번만 관계를 가졌다. 쉰이 넘은 뒤로는 아내도 가까이하지 않았다. 그랬더니 잠도 잘 자고 밥도 잘 먹게 되어 평생 병이 없어졌으며 아내도 병이 적어지고 밥도 많이 먹게 되고 피부도 그대로였다. 그래서 마침내 부부가 해로하게 되었다."

그리고 자신은 일생 동안 한 번도 처방을 받아 약을 먹은 적이 없지만 아침마다 약을 복용해도 병이 몸에서 떠나지 않는 사람들보다 훨씬 낫다고 하고는, "내 약을 내가 먹은 것(吾藥吾服)"에 불과하다고 했다. 남들이 파는 약을 먹을 것이 아니라 자신이 가지고 있는 자제력이 노화를 막는 비결이라 했다. 이성이 남아 있는 사람이라면 자제력이라는 제 몸에 있는 약을 쓰는 것이 좋을 것이다.

잉여를 알아주는 눈

요즘 대학생들을 보면 그 삶이 참으로 팍팍하다. 열심히 노력하지 않는 것도 아닌데 제대로 된 일자리를 구하기가 참으로 어렵기 때문이다. 그래서인지 잉여(剩餘)라는 말이 이 시대의 유행어가 되었다.

비교적 태평과 풍요를 누리던 18세기 조선에도 잉여 인간이 넘쳐났던 모양이다. 김약련(金若鍊)이라는 문인의 벗들 중에 자신의 집 이름을 무용재(無用齋)라 한 이가 있었다. 어릴 때부터 공부를 하여 세상에 쓰이고자 하였지만 벼슬에 오르지 못하여 배움이 무용하게 되었고, 먹고살고자 농사를 지었지만 늘 가난에서 벗어나지 못하였으니 농사가 무용한 짓이 되어버렸으며, 결혼하여 자식을 두려고 하였지만 자식 하나 낳지 못하였으니 결혼조차 무용한 일이 되어버렸다.

김약련은 이렇게 위로하였다. 공부하여 사람의 도리를 알게 되고 무식하여 걸어 다니는 고깃덩이라는 놀림을 면하게 되었으니 공부가 무용한 것만은 아니요, 농사를 지어 도둑이나 강도가 되지 않고 굶어 죽는 지경까지 이르지 않았으니 농사가 그나마 유용한 일이라 하였다. 자식을 낳지 못한 것을 두고는 아내가 옷과 밥을 마련하여 자신을 보필하고 부모를 봉양할 수 있었던 것이 아닌가, 이렇게 반문하였다.

그리고 김약련은 "입은 말하는 데 쓰고 귀는 듣는 데 쓰며 눈은 보는 데 쓰고 손은 잡는 데 쓰며 발은 가는 데 쓰니, 이 모두가 쓰임이 있는 것이다. 하필 말이 민첩하고 조그만 소리를 들으며 가려진 것을 보고 무거운 것을 들며 걸음이 빨라야만 쓰임이 있는 것은 아니다"라고 하였다. 작은 쓰임이라도 그 가치가 있다는 말로 위로하였다.

이와 비슷한 시기에 자신을 잉여 인간으로 여겨 호를 잉여옹(剩餘翁)이라 한 사람이 있었다. 시 짓는 것을 좋아하지만 아무도 그 쓰임을 알아주지 않으니 세상에서 무용한 존재라 하여 이렇게 스스로의 이름으로 삼은 것이다. 같은 시대에 호남을 대표하던 학자인 위백규(魏伯珪)는 그에게 이렇게 말하였다.

"잉여라고 하는 말은 소용이 없는 것을 이르는 말이다. 그러나 베는 잉여가 없으면 옷을 지을 수 없고 재목은 잉여가 없으면 집을 지을 수 없다. 게다가 솜씨 좋은 부인이나 기술자가 잉여를 활용하여 쓰임새 있게 만들어 그 솜씨가 더욱 드러나게 하지 않던가!"

옷을 지을 때도 온전한 베뿐만 아니라 남은 자투리가 있어야 하며 집을 지을 때도 큰 재목뿐만 아니라 자투리 목재가 있어야 하니, 참으로 옳은 말이다. 이렇듯 잉여도 작지만 가치가 있다.

그런데 잉여는 그 가치를 알아주는 사람이 없으면 아무 소용 없다. 그래서 위백규는 "잉여가 되는 것은 잉여가 그 자체로 무용하기 때문이 아니라 그것을 쓸 줄 모르는 자의 잘못이다"라고 하였다. 그렇다. 세상에 가치가 없는 잉여는 없다. 다만 그 잉여를 알아보고 적절하게 쓸 수 있는 사람이 드물 뿐이다. 벼슬에 오르지 못하였지만 문단의 우이(優異)를 잡았던 이용휴(李用休)는 "사람들은 유용한 것이 쓰임이 있다는 것은 알지만 무용한 것이 쓰임이 있다는 것은 잘 알지 못한다. 유용한 것의 쓰임은 귀나 눈에 드러나지만 무용한 것의 쓰임은 빈 것에 숨겨져 있기 때문이다"라 하였다. 잉여가 넘쳐날수록 숨겨져 있는 빈 것을 알아보는 눈을 가진 사람이 필요하다.

박지원(朴趾源)은 《열하일기》에서 중국의 장관은 부서진 기와조각에 있다고 하였다. 부서진 기와조각은 버려진 물건이지만 담장의 치장거리로 삼으면 아름다운 문양이 되기 때문이라 하였다. 이와 역으로 고귀한 것으로 여겨지는 존재도 제자리를 찾지 못하면 수난을 당한다. 이 무렵 조선의 귀족들은 다투어 중국에서 수선화를 비싼 값에 들여왔다. 그런데 김정희(金正喜)가 제주도에 가보니 수선화가 지천으로 깔려 있었다. 그곳 사람들은 수선화를 말이나 소 먹이로 삼았다. 심지어 보리밭에 잡초처럼 자꾸 돋아난다 하여 원수로 여기고 있었다. 제자리를 찾지 못하였기 때문에 수선화가 이런 수난을 당하는 것이라 하였다. 거리를 서성이는 잉여 인간 중에 제주도의 수선화가 없겠는가?

광야에서 배운 공부

    산과 들이 올망졸망 펼쳐진 조선 땅에 살던 선비들은 중국으로 여행을 갔다가 광활한 요동 벌판을 보고 충격에 빠졌다. 널리 알려진 대로 박지원은 1780년 7월 8일 요동 벌판을 보고 호곡장(好哭場)이라 부르면서 가히 한 번 울 만한 곳이라 하였다. 갓난아이가 갑갑한 태중에 있다가 세상으로 나와 첫울음을 터뜨리듯, 박지원은 드넓은 세상을 처음 보고 감격의 울음을 터뜨리지 않을 수 없었던 것이다. 그로부터 23년 후인 1803년 홍석주(洪奭周)도 요동 벌판을 지나가면서 그 충격을 이렇게 토로하였다.

    "남들과 다투는 자는 옳고 그른 것의 마땅함을 밝힐 수 없고, 사물에 가려진 자는 좋고 나쁜 것의 실상을 파악할 수 없다. 왜 그러한가? 몸이 그 안에서 벗어나지 못하였기 때문이다."

    8백 리 요동의 들판은 아무리 가고 또 가도 그 지세를 알 수 없었다. 그 자신이 바로 들판 가운데 있었기 때문이다. 그러다 월봉(月峰)이라는 높다란 언덕을 만나 그 위에 오르고서야 광활한 요동 땅을 바로 볼 수 있었다. 이에 송(宋)의 학자 정호(程顥)가 이른 "몸이 마루 위에 있어야 마루 아래 있는 사람의 시비를 가릴 수 있다(身在堂上 方能辨堂下人是非)"라는 말을 떠올렸다.

홍석주는 30년 가까운 세월이 지난 1831년 요동 벌판을 지나다가 다시 월봉에 올랐다. 바람에 흙먼지가 날려 예전처럼 시야가 트이지 않은 데다, 서북으로 큰 산이 많아 멀리까지 조망할 수 없었고, 동쪽은 지세가 울퉁불퉁하여 가려진 데가 많았다. 남쪽은 트였지만 시력의 한계로 바다까지 볼 수가 없었다. 이에 요동의 벌판이 끝없이 펼쳐진 평원이 아님을 알게 되었다. 그리고 지난번 월봉에 올라 "내가 이제부터 하늘이 나를 위한 덮개임을 알겠고 땅이 나를 위한 수레임을 알겠구나. 해와 달은 돌고 돌면서 그 가운데 나타났다 사라지는구나"라 호탕하게 말을 뱉은 것을 생각하고 쓴웃음을 지었다.

"우리는 동방에서 태어나 광야를 본 적이 없기에, 처음 요동에 이르면 눈이 어찔하고 마음이 놀라서 말을 어떻게 해야 할지를 알지 못한다. 이제 이러한 것이 지나친 것임을 깨닫게 되었다. 대개 몸이 사물의 바깥에 있으면 마치 가려진 바가 없게 된 듯하다. 그러나 새로운 것과 익숙한 것의 차이로 인해 눈과 귀가 바뀌곤 한다. 그래서 예전에 일을 처리하는 사람들은 정밀하게 살피고 거듭 익히는 것을 귀히 여겼던 것이다."

낯선 것을 처음 대하면 대단한 것을 보았다고 여기지만 여러 번 보게 되면 심드렁해진다. 홍석주는 요동 들판이 평지로만 되어 있지 않거니와 세상에는 요동보다 더욱 넓은 평원이 많다는 사실을 알게 되면서, 바른 인식을 얻기 위해 정밀하게 살피는 정찰(精察)과 거듭하여 익히는 숙복(熟復)이 필요하고, 여기에다 널리 보는 박관(博觀)까지 겸해야 함을 깨닫게 되었다. 홍석주는 요동 벌판을 지나면서 한 공부를 〈월봉에서 광야를 바라보면서(月峰望野記)〉에 담았다. 높은 곳에 올라야 바로 볼 수 있고 여러 번 보아야 잘못에 빠지지 않는다는 사실을 배웠다.

깊이 헤아려 토론을 한다는 난상토론(爛商討論)의 뜻을 알지 못해서일까, 온 나라가 좁고 가벼운 생각이 어지럽게 넘쳐나는 난장(亂場)이 되었다. 이런 난장에서 벗어나기 위해서는 벌판에서 빠져나와 높은 언덕에 올라야 한다. 그래야 형세가 보인다. 18세기 문인 서종화(徐宗華)는 "당인(黨人)이 그 잘못을 깨우치지 못하는 것은 그 자신이 여산(廬山) 안에 있기 때문이니 마루 위에 있어야 마루 아래의 시비를 분별할 수 있다"라고 했다. 소동파가 "여산의 진면목을 알 수 없는 것은 몸이 이 산속에 있기 때문이라네(不識廬山眞面目 只緣身在此山中)"라고 한 명구를 끌어들인 말이다. "공자가 동산에 올라가서는 노나라를 작게 여겼고, 태산에 올라가서는 천하를 작게 여겼다. 그래서 바다를 본 사람에게는 웬만한 것은 물이라 하기 어렵다(孔子登東山而小魯 登太山而小天下 故觀於海者 難爲水)"라는《맹자》의 말도 홍석주의 깨달음과 크게 다르지 않다. 태산에 올라야 천하의 정세를 알 수 있고 바다를 보아야 세상의 이치를 알 수 있다. 자신이 본 동산과 개울만 크다고 할 것이 아니다. 정찰과 박관, 숙복의 정신으로, 높은 곳에 거듭 올라 멀리 바라보고자 할 때 마음의 난장과 세상의 난장을 바로잡을 수 있다.

꿈속만이라도 한가했으면

숙흥야매(夙興夜寐)라는 말이 《시경》에 보인다. 일찍 일어나고 밤늦게 잠자리에 드는 각고의 노력을 해서, 낳아주신 부모를 욕되게 하지 말라는 좋은 말이다. 그러나 요즘은 이 말을 듣지 않더라도 다들 너무 열심히 사느라 잠을 옳게 자지 못한다. 잠을 푹 잘 수 있는 세상이 낙원이라는 생각도 든다.

19세기 양주(楊州) 땅에 살던 서생은 젊어서부터 재주가 뛰어났다. 해당(海堂)이라는 호를 쓰는 조병황(趙秉璜)이라는 사람이 그 재주를 아껴 시를 가르치고 근실하게 학문을 익히도록 권했다. 하루는 그 서생이 잠이 부족하여 한낮이 되어서도 일어나지 못했다. 이에 조병황은 잠을 경계하는 글을 지어주었다.

"죽음은 천 년의 잠이요, 잠은 하루의 죽음이다. 이로써 미루어 본다면 백 년 인생이라는 것은 50년 인생에 지나지 않는다. 잠을 잘 수 있는데도 자지 않는다면 50년 인생으로 백 년 인생을 살 수 있다."

서생이 이 말을 듣고 크게 놀라 학문에 나아가 게으름을 부리지 않았다. 세월이 빨리 갈까 겁내고 학업이 무너질까 두려워하였다. 낮에는 촌음을 아끼고 밤 시각도 마찬가지였다. 잠을 자지 않아 50년 인생을 백 년 인생으로 살고자 했다.

조선의 선비들도 공부를 위해 잠을 줄이고자 했다. 한유(韓愈)가 〈진학해(進學解)〉에서 이른 대로 등잔불을 밝혀 낮을 이으면서 항상 꼿꼿이 앉아 한 해를 보내려 했다. 허벅지를 찌르고 약을 삼켜 잠을 줄이려 했다. 혹 깊은 잠이 들까 하여 사마광(司馬光)처럼 공 모양의 나무로 베개를 만들어 쓰기도 했다. 이렇게 하여 50년 인생을 백 년 인생으로 만들면 사람이 행복해질까? 오히려 백 년 인생을 꿈꾸다가 건강을 잃어 50년 인생도 살지 못할 것이요, 설사 그렇게 된다 한들 무엇이 남겠는가? 그런 인생이 즐거울 것이 무엇이겠는가?

이만용(李晩用)은 자신을 갈수한(渴睡漢), 곧 실컷 잠잘 수 있기를 바라는 사나이라 하면서 조병황의 말을 부정하였다. 몸이 편안하고 마음이 한가하지 않다면, 50년 인생이 백 년 인생의 근심을 가지게 될 것이요, 백 년 인생이 천 년 근심을 가지게 될 것이라 하였다. 오래 살수록 근심만 많아지니 오래 사는 것이 그다지 달가

울 것이 없다고 본 것이다. 이만용은 "사람은 세상에서 근심과 더불어 살아간다. 사는 것은 햇수가 정해져 있으니 근심 없이 죽은 자는 거의 없고, 죽은 다음에야 근심이 없는 법이다"라 했다. 역사에 이름을 드리운 성인과 영웅도 평범한 사람에 비하여 손색이 있으니, 그것은 세상을 얻고 이름을 남기려 근심이 많았기 때문이다. 이에 비해 마음이 한가하고 몸이 편안한 평범한 사람은 오히려 그 삶이 행복하다. "나는 천하의 즐거움이 오직 몸이 편안하고 마음이 한가한 것뿐이라는 것을 안다(吾知天下之樂 惟身逸而心閒者耳)", 이것이 이만용이 〈매변(寐辨)〉이라는 글에서 제시한 답이었다.

조선 중기의 학자 김창흡(金昌翕)은 불면증에 시달리는 벗을 위로하는 글에서 "하늘은 늘 낮이기만 하고 밤이 없을 수는 없다. 이 때문에 사람은 늘 움직이기만 하고 쉬지 않을 수 없다. 이에 조물주가 밝음과 어두움을 나누어 일어나거나 잠자는 마디를 만들어 둔 것이다. 자고 일어나는 것을 바꾸면 기괴해지고 밤과 낮을 똑같이 살면 병든다. 군자는 어두울 때 쉬어야 한다"라 했다.

어느 정도 성취를 이룬 사람이라면, 이만용이 말한 대로 잠을 푹 자서 몸이 편안하고 마음이 한가한 삶을 누리도록 권하고 싶다. 몸이 편안하고 마음이 한가해야 꿈도 편안하고 한가하다. 이만용은 "대개 하루 안에 어떤 때는 슬퍼하고 어떤 때는 기뻐하고 어떤 때는 울고 어떤 때는 웃으며 어떤 때는 놀라고 어떤 때는 겁낸다. 그러한 일은 잠들면 문득 쉬게 된다. 그러나 달사(達士)가 아닌 사람이라면 잠잘 때 평소의 생각이 꿈으로 나타난다. 꿈에서 어부는 물고기를 보고 나무꾼은 땔감을 본다. 배고픈 자는 밥 먹는 꿈을 꾸고, 부자는 재물을 얻는 꿈을 꾸며, 신분이 높은 자는 좋은 수레를 타는 꿈을 꾸고, 먼 길을 가는 나그네는 고향집에 돌아가는 꿈을 꾸게 된다. 이 모두가 그 즐거움을 좋게 여기지만 끝내는 근심에서 벗어나지 못한다."

평시에 욕심이 없어야 꿈에서도 한가할 수 있다. 꿈속에서조차 부귀영화에 얽매여야 하겠는가?

사냥꾼도 잡지 못하는 꿩

지금도 가을 호젓한 산길을 거닐다 보면 푸드덕 날아오르는 꿩을 가끔 볼 수 있다. '꿩 대신 닭'이라는 속담이 있듯 먹을 만한 고기가 많지 않던 시절 꿩은 가장 맛난 먹거리였다. 연세가 좀 드신 분이라면 늦가을 꿩을 잡기 위해 독약 묻힌 콩을 던져놓거나 올가미를 설치해놓은 기억이 있을 것이다. 예전에는 미끼를 놓고 꿩이 오기를 기다린 다음 그물을 던져 잡았다.

조선 초기의 문인 강희맹(姜希孟)은 일상의 재미난 이야기를 통해 세상 사는 이치를 말하는 글쓰기를 좋아하였다. 그가 지은 글 중에 〈세 마리의 꿩 이야기(三雉說)〉도 그러하다. 이 글에 따르면, 장끼는 한 마리가 까투리 여러 마리를 거느리는 습성이 있는데 욕심이 많아 다른 까투리 소리를 들으면 사람이 다가가도 겁내지 않는다. 다른 장끼가 거느릴까 욕심을 내어서 그러한 것이다. 사냥꾼은 바로 이 점을 노린다. 피리로 까투리 울음소리를 내면서 미리 잡은 장끼를 흔들면 다른 장끼들이 화를 내며 갑자기 앞에 나타난다. 그러면 사냥꾼은 그물로 덮쳐서 하루에 수십 마리를 잡을 수 있다. 참 쉬운 사냥법인 듯하지만 꿩의 유형에 따라 결과는 다르다.

첫째 유형. 나무에 기대어 나뭇잎으로 몸을 가린 뒤 피리를 불고 미끼를 움직이면 다른 장끼가 머리를 기울여 소리를 듣고 모가지를 빼고 바라보다가 땅에 붙어서 나지막하게 날아와 가만히 앉는다. 가장 멍청한 이런 놈은 한 번에 그물을 던져 잡을 수 있다.

둘째 유형. 처음 피리를 불고 미끼를 움직였다가 모른 척한 다음 한 번 더 피리를 불고 미끼를 움직이면, 마음이 동한 꿩이 빙글빙글 돌다가 땅에서 한 길쯤 떨어져 날아오는데 겁먹은 것처럼 조심하지만 욕심에 눈이 멀어 마침내 가까이 온다. 사냥꾼이 그물로 덮치지만 꿩이 미리 방비를 하고 있었기 때문에 바로 날아가버린다. 이에 사냥꾼은 다음 날 그 꿩이 나태해지기를 기다린 다음 나뭇잎을 더욱 많이 붙이고 산기슭으로 가서 진짜 까투리 소리처럼 피리를 불고 살아 있는 장끼처럼 미끼를 움직인다. 이렇게 조금도 빈틈이 없게 한 다음에야 겨우겨우 잡을 수 있으니, 제법 영리해서 화를 입을지 아는 놈들이다.

셋째 유형. 사람의 발소리만 들어도 높은 하늘로 날아올라 숲속으로 들어가서 돌아보지도 않는다. 사냥꾼은 명예를 걸고 백방으로 주의를 기울이고 틈을 엿보지만 이런 꿩은 소심한 데다 경계심이 많아 절대 잡히지 않는다. 한두 번 사냥꾼을 만난 다음에는 어떠한 피리소리나 미끼에도 속지 않아 잡을 수 없다. 암수의 욕정을 버리기라도 한 것처럼 아무 욕심이 없기 때문에 사냥꾼이 솜씨를 발휘할 여지가 없다. 이런 꿩은 아주 똑똑해서 해를 멀리하는 놈이다.

이러한 세 가지 유형의 꿩은 욕심 많은 세상 사람을 닮았다. 그래서 강희맹은 다시 세 유형을 사람으로 연결하였다.

모임을 만들어 잘 노는 친구들과 어울리며 마음껏 여색을 탐하면서도 남의 말에 신경 쓰지 않는 첫째 유형. 엄한 아버지도 가르칠 수 없고 선량한 친구도 꾸짖을 수 없으니 뻔뻔스럽게 잘못을 저지르고도 거리낌이 없어 스스로 법망(法網)에 걸려들어도 죽을 때까지 깨닫지 못한다.

처음에는 욕심 때문에 미혹되지만 화를 당할 우려가 있다는 것을 알고는 멋대로 하지 않으며, 한번 곤경에 빠지면 가슴을 치며 후회하는 두 번째 유형. 그러나 이들도 마음으로는 여전히 잊지 못하여 잘 노는 친구들이 잡아당기며 유혹하고 아름다운 여인이 원망하며 부르면 언제 그랬냐는 듯 부끄러움을 잊고 예전에 하던 짓을 반복하여 결국 화를 입는다.

타고난 성품이 바르고 굳으며 깨끗이 수양하는 것을 중요하게 여겨서 여색을 멀리하고 가까이하지 않으며, 음란하고 방탕한 짓을 부끄럽게 생각하여 행하지 않는 세 번째 유형. 잘 노는 친구와는 절교하고 유익한 친구와 어울리고, 과거의 잘못을 떠올려 부끄러워하며 날마다 새로워지기를 다짐하면서 조심한다. 잘 노는 친구들과 함께 있어도 동요하지 않으면 저 친구들은 갖가지 계책으로 자기들과 똑같이 만들고야 말 것이라는 것을 알고, 또 조금이라도 소홀히 생각하면 자신도 모르게 빠져들어서 거의 어지러운 지경까지 가야 후회하게 될 것이라는 것을 알기 때문이다.

강희맹이 꿩 잡는 이야기를 한 것은 자신의 자식들을 교육하기 위해서이기도 하다. 그래서 이 글의 마지막에 이 말을 덧붙였다.

"덫을 잘 만들고 기발한 방법을 써서 장끼들을 그물로 잡는 것은 잘 노는 벗이 착한 사람을 꼬여 음란하고 사악한 지경으로 몰아넣는 것과 똑같다. 아, 피리와 미끼의 유혹에 빠지지 않는 꿩이 드물고 달콤하게 아첨하는 말을 따르지 않는 사람이 드물다. 아, 부모의 마음이라면 자식이 한 번 그물을 던져 잡히는 꿩과 같은 부류가 되기를 바라겠느냐, 아니면 죽을 때까지 잡히지 않는 꿩과 같은 부류가 되기를 바라겠느냐. 너는 그 차이를 자세히 살펴야 한다. 이 말을 흘려듣지 마라."

강희맹의 후학 성현(成俔)도 《부휴자담론(浮休子談論)》에서 이렇게 적었다.

"날짐승의 성질은 하늘을 잘 나는 것인데 하늘로 날아오른다면 사람이 이를 손으로 잡을 수 없을 것이다. 들짐승의 성질은 달리기를 좋아하는 것인데 광야를 달린다면 사람이 이를 쫓아 찌르지는 못할 것이다. 물고기의 성질은 자맥질을 좋아하는 것인데 깊은 물에 잠기면 사람이 물에 들어가 이를 잡지는 못할 것이다. 그러나 이러한 짐승들이 그물에 잡히고 주살에 맞아서 사람들에게 삶아 먹히는 것은 그들에게 욕심이 있기 때문이다. 날짐승이 흩어져 모이를 쪼지 않는다면 죽을 일이 없을 것이요, 들짐승이 미끼에 혹하지 않는다면 죽을 일이 없을 것이며, 물고기가 미끼를 탐하지 않는다면 역시 죽을 일이 없을 것이다. 이 세 경우 모두 욕심이 없다면 스스로 날고 스스로 달리고 스스로 자맥질하며 근심과 해로움이 없을 것이다. 사람이 만족할 줄 알아서 이익과 욕심에 동요되지 않는다면 역시 근심과 해로움이 없을 것이다. 다만 이와 같지 않기 때문에 크게는 공명(功名)을 탐하고 작게는 재화에 몸을 더럽힌다. 이익을 쫓는 일에 싫증을 모르고 거두어들이는 일을 그칠 줄 모른다. 자신도 모르는 사이에 점점 형벌을 받을 길로 들어서게 되는 것이다."

부귀와 권력에 대한 욕심이 사람을 이렇게 잡는 법이다.

일벌백계와 이병(二柄)

최근 세상이 어수선해지다 보니 사고가 잦고 이 때문에 일벌백계(一罰百戒)라는 말이 심심찮게 들린다. 이런 말을 들었을 때 그 출처가 어디인지 알아보는 것이 내 취미 중 하나다. 일벌백계라는 말은 일제 강점기 무렵 쓰이기 시작하였고 조선시대 문헌에서는 확인되지 않는다. 물론 중국의 옛 문헌에도 이런 말이 없다. 그래도 비슷한 표현을 찾자면 송나라 장상영(張商英)의 〈호법론(護法論)〉에 벌일계백(罰一戒百)라 한 말이 보인다. 전통시대 중국이나 조선에서는 같은 뜻으로 벌일징백(罰一懲百), 징일경백(懲一警百), 징일려백(懲一勵百) 등의 말을 사용했으니, 일벌백계는 '벌일계백'을 일본어순으로 바꾼 것임을 짐작할 수 있다.

일벌백계의 예는 《손자병법》에 보인다. 손무(孫武)가 궁녀 180명을 모아서 두 부대로 나누고 오왕(吳王) 합려(闔廬)의 총희(寵姬)

2인을 각기 대장으로 삼은 다음 군령을 전달하였지만 궁녀들이 웃으면서 따르지 않자 손무가 두 총희의 목을 베어버렸다고 한다. 두 사람만 처벌함으로써 군령을 바로잡은 것이다.

그런데 이 일벌백계는 문제가 있다. 백 사람이 잘못했는데 모든 책임을 한두 사람에게만 묻고 다른 사람에게는 경각심만 불러일으키는 데 그치기 때문이다. 일벌백계는 전제군주만이 누릴 수 있는 특권이었다. 그래서 임금이 독단으로 국정을 처리한다는 비판을 받지 않으려면, 상과 벌의 공정성이 담보되어야 한다. 조선 성종 때의 문인 성현(成俔)은 이 점을 무척 강조하였다.

"형벌과 포상이라는 것은 천하의 공정한 것이요, 임금의 큰 권한이다. 임금이 그 권한을 천하의 공정한 것으로 여겨 남들과 공유한다면 사람들이 진심으로 기뻐하여 따르겠지만, 조금이라도 그 권한을 한 개인의 사사로운 것으로 여겨 마음대로 독단한다면 사람들의 마음이 흩어져버릴 것이다. 공이 있는 자는 상을 주지 않을 수 없으니 상을 주지 않으면 사람들로 하여금 힘써 함께 선을 행할 수 없을 것이요, 죄가 있는 자는 벌을 주지 않을 수 없으니 벌을 주지 않으면 뉘우침이 없어서 악 또한 멈출 수 없을 것이다"라 하였다. "한 사람에게 상을 주어 만 사람이 기뻐하고 한 사람에게 벌을 주어 만 사람이 두려워하게 된다(賞一人而千萬人喜 罰一人而千萬人懼)"면서 상과 벌이라는 큰 권한을 개인이 아닌 공공과 함께

해야 한다고 하였다.

상과 벌은 군주가 가진 가장 중요한 통치권 중의 하나였기에 이병(二柄)이라 불렀으니, '이병'을 바르게 행사하는 것이 바른 정치의 요체였다. 한비자(韓非子)가 이른 신상필벌(信賞必罰)의 엄격함도 그래서 나온 말이다.

고려 말의 학자 정몽주(鄭夢周)는 "상과 벌은 국가의 큰 법이다. 한 사람에게 상을 주어 만 사람이 힘쓰게 하고 한 사람에게 벌을 내려 만 사람이 두려워하게 하는데, 지극한 공명정대함이 없다면 중도(中道)를 얻어 온 나라 사람의 마음을 복종시킬 수 없다"라 하여 상벌의 공명정대를 강조하였다.

또 실학자 유수원(柳壽垣)은 "임금의 한마디 말은 관계된 바가 지극히 중대하므로 상을 한 번 내리고 벌을 한 번 내려 천하 사람들이 본받도록 하거나 경계하게 한 다음에 조정의 체모가 해와 달보다 절로 높아질 것이요, 만약 사소한 일을 가지고 일일이 꾸짖는다면 여러 아랫사람이 어찌 두려워할 줄 알겠는가?"라 하여 상벌의 신중함을 강조하였다.

그리고 윤휴(尹鑴)는 "상과 벌은 임금이 선을 높이고 악을 쫓아서 세상의 도리를 바로잡는 수단이니, 한 사람에게 상을 주면 만 사람이 기뻐하고 한 사람에게 벌을 주면 만 사람이 두려워하는데, 이 두 가지에 잘못이 없으면 정치는 절로 지극히 잘 이루어진다.

(⋯⋯) 이 때문에 상과 벌은 임금의 '이병'이니, 즐겁다 하여 함부로 상을 주지 말 것이며 화난다 하여 함부로 벌을 주지 말아야 한다"라 하여, 임금의 기분에 따른 상벌을 경계하였다.

일벌백계를 두고 음미할 만한 옛글이 이렇게 많다.

꿀벌을 통해 상생을 배우다

벌꿀을 이용한 조리법이 유행하고 있다. 인간의 혀가 단맛을 좋아하기 때문이리라. 그러나 최근 여러 가지 이유로 꿀벌이 사라지고 있다고 한다. 벌은 식물의 종족을 번성시키는 매개체라서 이 지구 상에 벌이 사라지면 인류도 망한다고 한다. 다 인간의 과한 욕심 때문이 아니겠는가?

숙종과 영조 연간에 황택후(黃宅厚)라는 학자가 있었다. 여행을 좋아하여 산골짜기를 두루 다녔고, 또 그곳에서 들은 이야기를 적어두는 것을 즐겼다. 어느 때인가 강원도 산속을 유람하다가 어떤 집에 유숙하게 되었다. 벌을 수백 통 기르는 노인의 집이었다. 3대에 걸쳐 벌을 길러 양봉 기술을 터득했지만 자신보다 더욱 고수가 있다고 하였다. 그 고수는 꿀 한 사발을 가지고 산에 들어가 앉아 있으면 많은 벌이 날아와 꿀을 먹는데 그것들이 돌아가는 곳을 보고서 손쉽게 꿀을 채취하였다. 다리 힘이 좋고 눈이 밝아 먼 곳이든 험한 벼랑이든 가지 못하는 곳이 없어 몇 말이나 되는 많은 꿀을 얻었는데, 그것도 값비싼 석청(石淸)이었다. 이렇게 고수를 부러워하는 말을 들은 황택후는 다른 생각을 하였다.

"꿀벌은 꿀 만드는 일을 잘하여 사람의 입맛을 좋게 하고 그 쓰임새도 이롭게 하면서, 여러 벌 종류 중에서 독침의 해가 없다. 또한 사람들은 기이한 맛을 얻으려고 꿀벌을 키우지만, 벌은 도리어 사람한테 해를 입는다. 꿀을 채취할 때는 반드시 벌을 다 죽인 다음에야 그친다. 벌들은 깊은 산 꼭대기에 온갖 꽃을 모아 한가지 맛을 만들어내고서 이를 양식으로 삼는다. 그런데 실력 좋은 꿀 채취꾼이 그 양식을 약탈하고 벌집까지 뒤흔들어놓는다. 아, 사람이 다른 동물에게 해가 되는 것이 이와 같다. 벌 또한 스스로 해를 만드는 것은 냄새를 맡고 향기를 찾아 꿀을 만드는 데 조급하기 때문이다. 만약 향기를 탐하지 않는다면 벌을 잘 보는 자가 어찌 그 서식지를 찾을 수 있겠는가? 이 때문에 옛 당나라의 시인 나은(羅隱)이 〈꿀벌(蜂)〉이라는 시에서 '온갖 꽃을 찾아 꿀을 만들지만, 누구 입 달착지근하게 하려고 고생하였나(採得百花成蜜後 不知辛苦爲誰甛)'라 하였다. 벌은 또한 슬퍼할 만하다."

꿀벌이 사람을 위해 희생하는 것을 안타까워한 황택후의 말을 들은 노인은, 자신이 꿀벌을 통해 먹고 살기 때문에 벌은 사람을 이롭게 하는 공이 있지만 사람이 오히려 벌을 해치는 문제가 생기는 것을 인정하면서도, 벌과 사람이 모두 이롭고 서로 해치지 않을 수 있는 방도가 있는지 물었다. 이에 황택후는 이런 대안을 제시하였다.

"일이란 양쪽 모두 이로울 수 없고 이치도 양쪽이 다 옳을 수 없네. 이쪽이 살면 저쪽이 죽는 법, 고진감래(苦盡甘來)라 한 말이 속된 말이지만 이 또한 일리가 있네. 반드시 그 공을 알아서 온전하게 하고자 한다면, 벌들이 쌓아놓은 꿀을 취할 때 그 이익을 조금만 취하고 그들이 양식으로 삼아 먹고살 수 있도록 조금 남겨두어 꿀은 취하되 벌을 다 죽이지 않을 수 있다면, 벌들이 더욱 번성할 것이요, 사람에게도 이익이 될 수 있겠지. 그러나 반드시 그 이익을 많게 하려는 데 급급하기 때문에 저절로 죽이는 일에 이르게 된 것이라네."

황택후는 사람과 벌꿀이 상생할 수 있는 방도를 제시하였다. 사람과 벌꿀만 상생해야 하겠는가? 많이 가진 자와 덜 가진 자의 관계도 마찬가지다. 조선 초기의 학자 성현은《부휴자담론(浮休子談論)》이라는 책을 엮었는데 그중 이런 이야기가 나온다.

중국 정(鄭)나라의 대부(大夫)가 밤나무 천 그루를 심어 많은 이득을 거두어들였다. 그런데 그의 한 동료가 '그대는 벌열세족(閥閱世族)으로 벼슬이 높고 녹봉이 많으며 집안의 재물이 풍성한데 무엇이 부족하여 이득을 끝까지 다 차지하려 드는가'라며 비웃었다. 이에 그 대부는 이렇게 변명하였다.

"이득을 싫어하는 것은, 수시로 돈을 넣었다 뺐다 하면서 이자를 많이 받아먹고, 사사로이 상점을 설치하여 시장의 상품을 다 움켜쥐며, 가렴주구(苛斂誅求)를 일삼아 백성의 재물을 다 착취하는 것이기 때문일세. 그러나 나는 그렇지 않네. 남들에게 구하는 것이 있지 않다면 스스로 가지고 있는 물건을 팔아 돈을 번 것일 뿐이라네."

동료는 이렇게 반박하였다.

"그대는 어찌 그리 잘 꾸며대시는가? 천자는 재물의 많고 적음을 말하지 않고 제후는 이익과 손해를 말하지 않으며, 대부는 얻고 잃은 것을 말하지 않는 법일세. 이 때문에 수레를 천 대 가진 제후는 닭과 돼지 같은 가축을 길러 재물을 불리지 않고, 얼음을 저장해두었다가 먹는 귀족들은 소와 양 같은 가축을 길러 재물을 불리지 않으며, 녹봉을 먹고사는 관리들은 채소를 키워 재산을 불리는 짓을 하지 않는다네. 이러한 이유로 지난날 공의휴(公儀休)는 베를 짜던 며느리를 내쫓았고 채소밭을 뽑아버렸다. 이는 백성들과 이끗을 다투지 않으려 한 것일세. 이끗이라는 것은 온갖 사물의 중심일세. 혹 송곳 끝처럼 조그마한 이득이라도 다 차지하려고 다툰다면, 신하가 된 자는 이끗을 생각하여 임금을 섬길 테고, 아들이 된

자는 이곳을 생각하여 아버지를 섬길 것일세. 그렇다면 임금을 시해하거나 아버지를 때리면서까지 이곳을 챙기려 하며 싫증을 내지 않을 것일세.《시경(詩經)》에 '큰 바람이 들판에 부니, 탐욕스러운 자가 동족을 해치는구나'라 풍자하지 않았던가?"

자본주의가 말폐(末弊)를 보이고 자유주의가 판을 치기 이전의 세상도 이러했던 모양이다.

쉬었다 갑시다

누구나 힘들면 쉬고 싶어진다. 18세기 문인 이덕수(李德壽)는 〈소헐재기(小歇齋記)〉라는 글에서 이렇게 말하였다.

"피곤하면 쉬고 싶은 것이 사람의 마음이다. 오래 빨리 가다 보면 말이 힘들고 하인은 지치니 쉬고 싶은 마음이 들 것이요, 노역을 많이 하다 보면 몸이 피로하고 기운이 헐떡거리니 쉬고 싶은 마음이 들게 된다. 바람과 파도에 시달리는 백성은 강가의 언덕에서 쉬고 싶은 마음이 생기고 도롱이를 입고 있는 사람은 나무 밑에서 쉬고 싶은 마음이 들며, 등짐을 진 사람은 그 짊어지는 일을 쉬고 싶은 생각이 들고 머리에 짐을 인 사람은 그 머리에 이는 일을 쉬고 싶은 마음이 든다. 걸음을 걷는 사람은 자리에서 쉬고 싶어 하고 앉아 있는 사람은 누워서 쉬고 싶어 한다. 처지가 같지 않겠지만 쉬고자 하는 것은 온 천하 사람이 똑같다"라 하였다. 이를 보면 예나 지금이나 힘이 부치면 쉬고자 하는 것은 사람의 본능이다.

그러나 사람들은 쉬지 못한다. 부귀와 권력에 대한 욕심이 쉬지 못하게 만들기 때문이다. 쉬기가 어렵기에 억지로라도 쉬려고 집 이름을 소헐재(小歇齋)라고 한 사람도 있었다.

물론 그렇다 하여 무작정 쉴 수는 없다. 19세기 말의 문장가 한장석(韓章錫)은 일휴당(日休堂)이라는 집에 붙인 글에서 군자나 학자라면 쉬지 말라는 경계의 말을 붙였다.

"힘들면 쉬고 싶은 생각이 드는 것이 사람의 마음이다. 그렇게 하려 하지 않아도 되는데 하는 것이 있고, 할 바가 있어 하는 것이 있으며, 멈출 수 없어 하는 것이 있다. 군자는 마음을 힘들게 하고 소인은 몸을 힘들게 한다. 만물은 기(氣)가 힘들어도 마음이 쉴 때가 없다. 몸은 가끔 쉴 때가 있지만 기는 쉴 때도 있고 쉬지 않을 때도 있다. 붕새는 구만리를 날아가지만 여섯 달이 되면 쉬어야 한다. 솔개는 하늘로 날아오르지만 가끔 수풀에 내려앉기도 한다. 하천은 밤낮을 멈추지 않고 흘러 바다에 이르지 않으면 멈추지 않는다. 사람에게 있어서는, 농사는 가을에 쉬고 나그네는 밤에 쉰다. 선비가 공부할 때에는 힘을 쏟아 매일 부지런해야 하고, 벼슬살이 할 때에는 온몸과 마음을 다하여야 할 것이니, 모두가 일생을 마친 다음에야 끝나는 것이다. 그러나 밤길을 가는 사람에게는 새벽을 기다리지 않는다는 놀림이 있고 용기 있게 물러나는 자에게는 강호(江湖)의 시름이 있는 법이다. 여기서 쉬어야 할 것은 힘이요, 쉬지 말아야 할 것은 마음이라는 것을 알겠다."

한장석은 육신은 쉬더라도 정신은 쉬지 않아야 한다고 주장하였다. 붕새나 솔개는 멀리 혹은 높이 날아도 쉬어야 하고, 농부나 행인도 휴식으로 재충전해야 한다. 이에 비해 학자와 관리는 학문과 나라를 위하여 심신을 쉬게 해서는 아니 되니, 마치 쉴 새 없이 물이 흘러가는 것과 같다. 휴식은 아랫사람이라야 누릴 수 있다고 하였다.

쉴 수 있는 아랫사람이 되기보다 쉴 수 없는 윗사람이 되고 싶은 것이 사람의 마음이다. 그러나 윗사람이 되었거나 되려고 하는 사람도 쉬지 않을 수 없다. 이덕수와 비슷한 시기의 문인 이천보(李天輔)는 "마음과 몸이 모두 편안한 것을 대일(大佚)이라 하고 마음과 몸이 모두 힘든 것을 대로(大勞)라 한다. 마음이 편안하지만 몸이 힘들거나 몸이 편안하지만 마음이 힘들어, 이 힘들고 편안한 것이 교차되는 것은 소로(少勞)라 해도 좋겠고 소일(少佚)이라 해도 좋을 것이다"라 하였다. 대일은 바라지 못할지언정 대로는 피하기 위해, '소로' 혹은 '소일'을 택하고 이를 실천하기 위해 '소헐'을 권하려 이런 말을 한 것이다. 그래도 마음은 두고 몸만 쉬는 것보다 몸과 마음이 모두 쉬는 '대일'이라는 말이 더욱 마음을 끈다.

몸을 돌려 앉으면 생각이 바뀐다

'혁신'을 주창하는 요즘 창의성에 대한 요구가 많아지고 있다. 우리 글쓰기의 역사에서 이 요구에 가장 부합하는 문인을 꼽으라 하면 단연 고려의 대문호 이규보(李奎報)를 들어야 할 것이다. 이 규보는 당대 최고의 작가가 되고자 하였다. 이규보가 극복해야 할 대상은 16년 연상으로 당대 최고의 시인이던 이인로(李仁老)였다. 이인로는 죽림고회(竹林高會)를 결성하여 문단의 우이(牛耳)를 잡고 있었다. 매일 모여 술을 마시고 시를 지으면서 자신들만 최고로 여기고 남들은 늘 무시하였다. 그 후 죽림고회의 일원 중 한 사람이 먼저 세상을 떠나자 당시 새롭게 떠오르던 이규보를 죽림고회에 영입하려 하였다. 이에 대해 이규보는 "칠현이 조정의 벼슬입니까? 어찌 빠졌다고 채운단 말입니까?"라 하였다. 모두들 불쾌한 기색이 있었지만 이규보는 오히려 거만스러운 태도로 거나하게 취해서 자리를 박차고 나가버렸다. 이규보의 나이 열아홉 무렵의 일이다. 세상 사람들은 모두 그를 광객(狂客)으로 지목했지만, 이규보는 이를 달게 받아들였다. 선배들과의 차별을 선언했기 때문이다.

이규보는 선배 이인로를 극복하기 위하여 "새로운 뜻을 창출하고 시어를 만들어낸다(新意造語)"는 선언을 하였다. 시로 이름을 날리고 있는 선배들이 모두 남의 것을 베껴먹었다고 비판하였다. 아무리 도둑질을 잘해 들키지 않는다 하더라도 도둑질 자체를 정당화할 수는 없다고 하였다. "진부한 말에서 벗어나 교묘한 시상이 절로 나오게 하여야 한다. 옛말을 훔쳐내는 일은 죽어도 하지 않을 것이다", "나는 옛사람의 말을 답습하지 않고 새로운 뜻을 창출한다"고 선언하였다. 이인로는 다른 사람의 시를 열심히 읽어 이를 바탕으로 시를 짓겠다 하였고, 이규보는 독창적인 시어를 만들어내어 시를 짓겠다고 한 것이다. 〈우물의 달을 읊다(詠井中月)〉에서 "스님이 달빛을 탐내어 병에다 함께 퍼 담았지만, 절에 와선 알리라 물 부으면 달도 사라짐을(山僧貪月色 幷汲一甁中 到寺方應覺 甁傾月亦空)"이라 한 것이 창신(創新)의 예라 하겠다. 이규보는 참신함을 바탕으로 이인로와는 다른 새로운 시풍을 열어 당대 최고의 시인이 되었다.

이규보의 참신함은 발상의 전환에 의하여 이루어졌다. 그는 이러한 창신의 정신으로 네 바퀴 달린 사륜정(四輪亭)을 발명하였다. 정자라는 주거 공간은 땅에 붙어 있어 움직일 수 없는 법이다. 이규보는 생각을 전환시켜 움직일 수 있는 집을 고안한 것이다. 사륜정의 설계도는 대략 이러하다.

바퀴를 넷 달고 그 위에 정자를 얹는데, 정자는 사방이 6척이고 들보 둘, 기둥 넷을 달며, 대나무로 서까래를 하되 가볍게 하기 위하여 지붕은 대자리로 덮는다. 동서남북 사방에 난간 하나씩을 단다. 사각형의 정자는 그 안을 다시 가로세로 줄을 친 바둑판 모양으로 각기 사방 1자씩 되는 36칸을 만든다. 그 안에 여섯 사람이 앉을 수 있게 한다. 동쪽과 서쪽 각 12칸에 두 사람이 4칸씩 차지하여 앉고 4칸을 세로로 나누어 반은 거문고를 두는 곳으로 삼고 나머지 반은 술동이와 술병, 소반그릇을 둘 수 있게 한다. 나머지 4칸은 비워두었다가 잠깐씩 왕래하는 사람의 통행로로 삼는다. 나머지 가운데 12칸 중에 남쪽 4칸은 주인의 공간이고, 북쪽 4칸은 다른 객이 앉을 수 있게 하였으며 가운데 4칸은 바둑판을 둔다.

이렇게 공간 배치를 한 다음 노는 방법도 적었다. 서쪽의 한 사람이 조금 앞으로 나와 동쪽의 한 사람과 마주 앉아 바둑을 두면, 주인은 술잔을 잡고 한 잔씩 부어 돌려가며 함께 마신다. 정자에 여섯 사람만 앉게 한 것은 뜻을 함께한다는 점을 드러낸 것으로, 주인 외에 거문고 타는 사람 1인, 노래하는 사람 1인, 시에 능한 승려 1인, 바둑을 두는 사람 1인, 그 밖의 손님 1인 등으로 구성하였다. 사륜정을 끌 때 아이 종이 힘든 기색이 있으면 주인이 몸소 내려가서 어깨를 걷어붙이고 끌며, 주인이 지치면 객이 급히 내려와 돕게 한다는 자상함까지 보태었다. 이규보가 이러한 기발한 발상으로 정자를 지으려 하자 진부한 것에 매여 있는 사람들이 따졌다. 정자에 바퀴를 다는 것이 옛날 제도에 있었는가 묻자, 이규보는 굳이 전례가 있는지 따질 필요가 없다고 하였다. 이규보의 창신이 이러하였다.

18세기의 학자 이용휴(李用休) 역시 이러한 발상의 전환을 통하여 혁신을 이루었다. 이용휴는 발상의 전환에 의하여 창의성이 확보된다고 하였다. 협소하고 누추한 집에서 독서와 구도(求道)에 열중하고 있는 후학을 위하여 "이 작은 방에서 몸을 돌려 앉으면 방위가 바뀌고 명암이 달라지는 법, 구도라는 것은 생각을 바꾸는 것이 아니겠는가? 생각을 바꾸면 모든 것이 그 뒤를 따르게 된다네"라고 하였다. 앉은 다리를 한 번 바꾸어보면 모든 것이 다 달라 보이리니 이에 새로운 생각이 떠오르게 될 것이라 하였다.

어진 이의 마음

　기묘사화(1519)에 연루되어 함경도 온성(穩城) 땅에 귀양 간 기준(奇遵)은 외롭게 살았다. 위리안치(圍籬安置), 곧 가시나무로 사방을 에워싼 집에서 감금된 생활을 한 것이다. 다른 사람을 만날 수 없어 무척 외로웠다. 이때 어떤 사람이 기르던 노루를 보내주었다. 그의 처지를 불쌍히 여겨 적막한 가운데 벗으로 삼으라 한 것이요, 애완용으로 귀히 여기는 것은 아니므로 사양치 말라고 하였다. 처음에는 그다지 친히 대하지 않았으나, 먹이를 주고 쓰다듬어 주었더니 점점 길이 들었다. 매일 가까이 지내다 보니 사슴이란 놈이 그의 거동까지 살피게 되어 신발을 신고 나서면 따라다녔다. 혹 그가 보이지 않으면 마치 주인을 그리워하는 듯하였다. 그러나 안개 낀 아침이나 달 뜬 저녁에 바람소리가 처량하면 배회하고 머뭇거리면서 슬프게 그리움에 사무치는 울음소리를 내었다. 마치 자기 무리를 사모하는 듯한 안쓰러운 낯빛은 아름다운 산 빼어난 물을 생각하는 것 같았다. 산야에 살아야 할 짐승이 어쩌다 잡혀와 시름하는지 측은하여 숲속에 풀어주려 하였다. 그러나 사람을 오래 가까이한지라 사냥꾼에게 쉬이 잡힐까 겁나서 그는 노루를 계속 잡아두고 사육하였다. 그러나 노루는 점점 초췌해졌고 마음까지 쓸쓸한지 뛰어놀지 않았다.

노루는 그의 집에 있던 개와 장난치고 놀았다. 서로 꾀를 부려 뿔싸움하면서 승부 겨루는 것을 즐거움으로 삼았다. 그런데 어느 날 저녁 노루는 이웃집 개를 만나 제 집 개에게 하던 것처럼 장난을 걸었다. 이에 놀란 이웃집 개가 노려보다가 결국 낚아채 노루의 다리를 깨물어 부러뜨려서 죽이고 말았다. 원래 개는 본성이 사나워 잘 물어뜯는다. 노루는 늘 보던 제 집 개처럼 여겨 조심하지 않고 대들었다가 명줄이 끊어지게 된 것이다.

이를 본 기준은 "그 어리석음이 또한 심하지 않은가? 아, 세상의 군자들이 함께하는 바에 신중치 못하여 폐부를 드러내어 보이다가 마침내 함정에 빠진 자가 무수하다. 인간과 동물이 서로 다르지만 그 지혜는 같다"고 하였다. 〈노루를 키운 이야기(畜獐說)〉에 나오는 내용이다. 기준은 자신이 키우던 노루가 겁도 없이 개와 놀다 물려 죽은 일을 보고 자신의 처신을 돌아보았다. 젊은 혈기에 정의를 구현해보겠다고 나선 지난날의 행적이 그 노루와 닮았음을 깨달았다. 기준은 어둡고 답답한 가시덤불 속에서 세상의 이치를 보았다.

그는 또 어항에 물고기를 길렀다. 당시 두만강 너머에 살던 사람들이 작은 물고기를 잡아다 온성으로 와서 팔았다. 이웃에 살던 아이가 그의 귀양살이를 불쌍히 여겼는지, 물고기를 구해 제 집 밥반찬으로 하고 그중 살아 있는 놈 대여섯 마리를 골라 기준에게 주었다. 기준은 차마 죽이지 못하여 질동이에 담고 물을 부었다. 물이 가득해졌으나 물고기들은 헤엄치지 않고 떠올랐다 잠겼다 하면서 그 부력을 따를 뿐이었다. 곁에 있던 어린 종놈이 물고기가 죽었다 여겼는지 남에게 주려 하였다. 기준은 이를 만류하고 지켜보았다. 조금 있으니 물고기가 입을 열어 물을 뿜고 지느러미를 흔들어 흙탕물을 뿌렸다. 잠겨 있던 놈은 몸을 떨쳐 나오고 떠 있던 놈은 꼬리를 흔들며 물속으로 들어갔다. 나란히 나아갔다 입을 벌름거리면서 모여들었다. 파닥파닥 장난치며 유유히 헤엄쳤다. 한 말 정도의 적은 물 속에서 힘든 줄도 모르고 그곳을 편안하게 여기는 듯하였다.

이를 본 기준은 생각에 잠겼다. "하늘이 사물에게 생명을 고루 내렸기에 크고 작은 구분 없이 모두 천명을 완수하려 한다. 천명을 완수하여 멈춤이 없고, 이루어진 다음 쓰이게 된다면, 곧 천지의 마땅함이요 어진 이의 마음이라 하겠다. 나는 너를 살려 무엇인가를 이루려고 하거나 너를 길러 쓰임이 있도록 하고자 한 것은 아니요, 그저 목전의 느낌 때문이다. 경각의 목숨을 끊는 물과 불의 고통에서 온전히 해주고자 하였을 따름이다. 그러니 어찌 그 성품을 완수하게 한 것이라 하겠는가?"

기준은 어항의 물고기를 보고 자신의 처지를 돌아보았다. 개울에서 자유롭게 헤엄치면서 놀아야 할 물고기가 집 안의 질동이에 갇혀 있으니, 영어의 몸이 된 자신과 다를 바 없다고 느낀 것이다. 이에 "교룡(蛟龍)이 처소를 잃으면 개미 같은 미미한 곤충에게도 공격당하지 않음이 없는 법, 하물며 너의 고기를 먹고서 그 배를 불리고 그 몸을 살찌게 하는 자들이야 말할 것이 있겠는가? 물고기야, 물고기야, 사는 것도 운명이요, 죽는 것도 운명이다. 내가 취한 바이니 누구를 원망하겠는가?"라 하였다. 이런 마음을 〈물고기를 기른 이야기(養魚說)〉에 담았다.

자신이 어려움에 처해야 남 어려운 줄 알게 되는 법이다. 죽을 위기를 겪어보아야 생명의 중요함도 깨닫게 되나 보다.

나 살자고 미물인들 죽여서야

정조(正祖) 임금 시절 독상(獨相)으로 개혁 정치를 이끈 채제공(蔡濟恭)은 바쁜 공무에 병이 생겼다. 실력이 있다고 자부하는 의원들이 다녀갔지만 아무 효험이 없었다. 이때 절친한 벗 이헌경(李獻慶)이 소문을 듣고 약방문을 보내었다. 훗날 서로 틈이 생겨 소원해졌지만, 이 무렵까지는 소식을 물어 자세히 알게 되면 배부른 듯 마음이 든든하고 자세히 알지 못하면 굶은 듯 배가 고팠던 사이다. 채제공은 약방문이 담긴 편지를 받고 무척 기뻤지만 한편 처량한 생각이 들었다. 자신의 병을 낫게 하는 처방이 지렁이 탕이었기 때문이다.

"살기를 기뻐하고 죽기를 싫어하는 것은 지렁이나 나나 한가지라오. 저 지렁이는 위로 마른 흙을 먹고 아래로 흙탕물을 마시니 일찍이 저와 다툴 바가 없고, 뱀의 이빨도 없고 모기 주둥이도 없으니 일찍이 나에게 독이 된 적이 없다오. 지금 나의 우연한 병으로 인하여 저 허다한 생명을 죽인 다음 불로 익히고 녹여서 탕으로 만들어 복용하여 즉시 효험이 있다면, 효험을 얻은 사람은 다행이겠지만 효험을 준 지렁이로서는 또한 너무나 불행한 일이 아니겠소? 내가 늘 말하거니와, 불가(佛家)에서 평생 초식하고 차마 하나의 생물도 해치지 못하는 자비(慈悲)의 논의는, 비록 우리 유학에서의 치우치지 않고 지극히 바른 성인의 법은 아니지만 하늘이 덮어주고 땅이 실어주며 똑같이 길러줌을 입을 수 있다는 점에서는 충분히 중생으로 하여금 동감하게 할 듯도 하오."

채제공은 자신의 병을 위해 다른 존재를 죽음으로 내몰 수는 없다고 여겼다. 조선의 선비들이 영원한 스승으로 삼았던 주자(朱子)는 "추위와 더위를 알고, 굶주리고 배부른 것을 인식하며, 삶을 좋아하고 죽는 것을 싫어하는 것, 이익을 따르고 위험을 피하는 것 등은 사람과 만물이 한가지다"라 한 바 있다. 이러한 가르침을 채제공은 기억하고 있었다.《중용(中庸)》에는 "하늘과 땅 사이 만물이 함께 길러져서 서로 해치지 않는다(天覆地載, 萬物並育於其間而不相害)"는 구절도 떠올렸을 것이다.

남인(南人)의 선배 실학자 이익(李瀷)의《성호사설(星湖僿說)》에는 〈고기를 먹는 문제(食肉)〉가 실려 있다.

"백성은 나의 동포요, 동물은 나의 동류(同類)다. 그러나 초목은 지각이 없으니 피와 살이 있는 동물과 달리 취하여 먹고 살아도 좋다. 동물이 삶을 좋아하고 죽음을 싫어하는 것은 사람과 그 정이 한가지다. 또 어찌 차마 상해를 가할 수 있겠는가? 그렇더라도 사람을 해치는 동물은 이치로 보아 잡아 죽이는 것이 마땅하나, 사육되는 동물은 곧 사람을 통하여 성장하므로 그래도 생명을 내맡길 수도 있다. 하지만 산중이나 물속에서 절로 생겨나 스스로 살아가는 동물까지 모두 사냥꾼과 어부의 독수(毒手)를 입고 있으니 무슨 까닭인가? 어떤 사람이 '동물은 사람을 위하여 생겨났으므로 사람에게 잡아먹힌다'고 하자, 정자(程子)가 이 말을 듣고 '이가 사람을 물어 먹고살므로 사람은 이를 위하여 태어났는가?'라고 하였다. 동물을 변론해준 말임이 분명하다. 어떤 이가 서양 사람에게 '만약 동물이 모두 사람을 위해 태어난 것이라면, 저 벌레가 태어난 것은 무엇 때문인가' 하고 물었더니, '새가 벌레를 잡아먹고 살이 찌면 사람이 그 새를 잡아먹게 된다. 그러니 저것은 곧 사람을 위해 태어난 것이다'라 답하였다. 그 말 또한 궤변이다. 늘 불가에서 이르는 자비를 생각해보면 타당한 것 같다."

17세기 무렵 동물은 사람을 위해 존재한다는 서양의 학설이 조선에 들어왔다. 생태계 먹이사슬의 제일 위에 있는 것이 사람이므로 사람이 동물을 잡아먹는 것은 당연하다는 인간중심주의가 등장한 것이다. 이익은 주자가 이른 사람과 동물의 정이 동일한 것에

서 더 나아가 불교의 자비까지 끌어들여 동물이 사람을 위해 존재한다는 논리를 부정하였다. 이익으로부터 시작되는 남인의 학통을 이어받은 채제공이기에 이익의 이 말 역시 채제공이 알고 있었을 것이다. 그래서 이익처럼 공자와 부처, 주자의 말을 두루 동원하여 나를 위해 남을 해칠 수 없다는 생각을 하게 된 것이다. 그런 생각은 〈참판 이헌경에게 답하는 편지(答李參判獻慶書)〉에서 다음과 같이 이어진다.

"세상사를 두루 겪고 나서 가만히 요즘 사람들을 살펴보았소. 만약 터럭만큼이라도 자기가 나아가는 데 이익이 될 것 같으면 곧바로 무고한 사람의 생명을 죽이고도 난색을 표하지 않으며 도리어 뜻대로 되었다고 여기는 자들이 넘쳐나는데, 모두가 다 이러하오. 그러나 이러한 무리는 이익만 알았지 의리를 모르는 자들이오. 어찌 알리오? 미래에 자기보다 지혜와 힘이 더 나은 자가 있어 지금 자신이 한 것처럼 자기를 죽이려 든다면, 스스로에게서 나온 것이 스스로에게 돌아가는 법, 그 화가 무궁할 것이라는 사실을. 이 또한 슬프지 않소? 지금 지렁이를 탕으로 만드는 처방은 비록 크고 작은 차이가 있어 같지 않을지라도 남을 해쳐 나를 이롭게 한다는 점에서는 그 마음이 똑같소. 나는 차마 이 일을 할 수 없소. 두보(杜甫)가 〈박계행(縛雞行)〉에서 '집 안의 닭이 벌레와 개미를 잡아먹는 것은 싫어하지만, 도리어 닭이 팔려 삶아 먹히는 것은 알지 못하네(家中厭雞食蟲蟻 不知雞賣還遭烹)'라는 시가 참으로 좋소. 이것은 어진 사람이나 군자만이 할 수 있는 말이라오. 두보가 아니라면 내가 누구에게 귀의하겠소."

채제공은 사람이나 동물 모두가 살기를 좋아하고 죽기를 싫어한다는 주자의 말을 따르고, 여기에 다시 불교의 자비를 끌어들였다. 그리고 다시 두보의 시를 통하여 닭과 벌레와 개미를 다 함께 사랑하는 마음을 배울 것을 강조하였다. 사람은 고생을 해보아야 남 어려운 줄을 아는 법이다.

혀가 달린 금인(金人)

공자가 주(周)나라에 갔을 때 사당의 섬돌 앞에 쇠로 주조한 금인(金人)이 있었다. 그 입을 세 번 봉하고 그 등에 "옛날에 말을 조심한 사람이다. 경계할지어다. 말을 많이 하지 말라. 말이 많으면 실패가 많다. 일을 많이 만들지 말라. 일이 많으면 근심이 많다(古之愼言人也 戒之哉 無多言 多言多敗 無多事 多事多患)"라는 명(銘)이 새겨져 있었다. 많은 조선의 문인은 침묵의 미덕을 강조한 이 〈금인명(金人銘)〉을 가슴에 새기고 살았다.

실학자 이익은 《성호사설》에서 이 금인이 의(義)의 측면에서 문제가 있다고 비판하였다. "시골구석에 있는 서민도 이렇게 해서는 아니 될 일인데 임금이 금인을 만들어 모범으로 보여 사람들로 하여금 보고 본받게 한다면 나라가 위태롭게 되지 않겠는가?"라 했다. 그리고 후진(後晉)의 손초(孫楚)라는 사람의 〈반금인명(反金人

銘〉〉을 소개했다. 쇠 대신 돌로 석인(石人)을 만들되 그 입을 크게 벌리게 하고 배 대신 그 가슴에다 "나는 옛날에 말을 많이 한 사람이다. 말을 적게 하지 말고 일을 적게 하지 말라. 말을 적게 하고 일을 적게 하면 후생들이 무엇을 이어갈 수 있겠느냐?(我古之多言人也 無少言少事 後生何述焉)"라고 썼다.

침묵이 개인의 명철보신(明哲保身)에는 도움이 될지언정 국가와 사회에는 오히려 폐해가 될 수 있다. 19세기 역관(譯官) 출신의 문인 변종운(卞鍾運)은 〈금인명의 뒤에 쓰다(題金人銘後)〉라는 글에서 다음과 같이 적었다.

"말은 신중하지 않을 수 없으니 한번 나오면 천리마처럼 달려 따라잡을 수 없고 한번 실수하면 그 잘못을 없앨 수 없다. 작은 것은 허물을 초래하고 큰 것은 나라를 잃게 한다. 이 때문에 성인이 주나라 사당의 금인을 보고 세 번 탄식했다. 그런데 금인의 입을 세 번 봉한 것은 말을 신중하게 하라는 뜻일 뿐이었지만, 입을 봉하지 않아야 할 때 입을 봉한 자들이 후세에 어찌 이리 많아졌는가? 더구나 묘당에 앉아서도 나라의 안위를 논하지 않고 대궐 앞에 서서도 임금의 잘잘못을 말하지 않으니 이는 공경대부가 그 입을 봉한 것이요, 책선(責善)의 말이 벗에게 전달되지 못하고 청의(淸議)가 사림에서 일어나지 않으니 이는 선비들이 그 입을 봉한 것이다. 감히 한번 말하는 자가 있으면 벌떼처럼 일어나 고함치면서 말을 못 하게 하니, 세상에 아부하여 구차하게 면하려고만 드는 일이 어느새 습속이 되고 말았다. 그런데도 오히려 군자욕눌(君子欲訥, 군자는 말을 번지르르하게 하지 않고자 한다)을 핑계로 삼고 있으니 이 어찌 신중한 것이라고 할 수 있겠는가? 마음은 말이 아니면 펼쳐지지 않고 일은 말이 아니면 이루어지지 않는다. (……) 입이 없는 표주박은 원예사가 잘라버리고, 소리가 나지 않는 종은 대장장이가 녹여 없애는 법이다. 나는 수양산의 구리를 부어 금인을 만들되, 그 뺨을 넉넉하게 하고 그 혀를 붙여 넣어, 이로써 입을 봉하지 않아야 할 때 봉하는 자들로 하여금 경계로 삼게 하노라."

입을 봉한 금인이 아닌, 입이 크게 벌리고 혀를 단 금인을 만들어 위정자의 곁에 둘 일이다. 이익의 제자 안정복(安鼎福)은 당시 '벙어리'라고 부르던, 입이 있지만 말을 하지 못하는 기물을 깨부수면서, "입이 있으면 울고 입이 있으면 말을 하는 것이 천하의 바른 도리인데, 입이 있으면서도 울지 않고 말을 하지 않는다면 이는 상리(常理)에 반하는 요물이다. 이 기물이 나오면서부터 위로 조정에서는 말할 만한 일도 말하지 않게 되고 사람들이 모두 말하는 것을 서로 경계하게 되었으니, 이는 온 천하 사람들을 벙어리로 만든 것이다"라고 했다.

설화(舌禍)와 필화(筆禍)로 세상이 시끄럽다. 어쩌다 놀린 부드러운 혀와 붓이 세인의 귀와 눈을 거치면서 날카로운 칼과 창이 되어 스스로를 찌른다. 이 때문에 침묵을 명철보신의 금과옥조로 여기는 군자가 많아질까 걱정이다. 한번 뱉은 말은 주워 담을 수 없지만 오히려 그 말을 가지고서 그 사람됨을 알아볼 수 있다. 아무런 말을 하지 않아 무슨 생각을 하는지 알 수 없는 그런 사람이 더 무섭다. 술자리에서도 그런 군자가 있으면 남들도 덩달아 입을 다물게 만들어 술판의 흥이 사라지게 하지 않던가!

환갑, 삶의 즐거운 시작

새롭게 생겨나는 것이 많은 만큼 사라지는 것도 많다. 그 가운데 굳이 꼭 지키고 싶은 것은 아니지만 그 의미를 생각해볼 만한 것이 화갑(華甲)이다. 잘 알다시피 화갑은 한 갑자(甲子)를 바꾼다는 뜻의 환갑(還甲)을 고상하게 이르는 말이다. 그런데 중국에서는 화갑은 물론 환갑, 회갑이라는 말도 잘 쓰지 않는다. 중국의 대표적인 검색 사이트인 바이두에는 화갑례를 소개하면서 조선족 고래의 풍속이라 하였다. 혼인의 환갑인 회혼례(回婚禮) 혹은 중뢰연(重牢宴)도 중국에 없는 조선의 풍속이다. 또 환갑이라는 말이 고려시대에도 보이지만, 환갑잔치라는 뜻의 회갑연(回甲宴) 혹은 회갑회(回甲會)에 대한 기록은 16세기 무렵에야 조선의 문헌에 나타난다. 환갑이나 환갑잔치는 16세기 등장하여 17세기 이후 민간의 풍속으로 널리 퍼진 조선의 독특한 문화라 하겠다.

이러한 환갑의 의미는 무엇인가? 19세기의 학자 신좌모(申佐模)는 노인을 숭상하는 일이야 중국에서 요순시절부터 있었지만 화갑이라는 명칭은 없다고 하면서 환갑의 의미를 이렇게 풀이했다.

"태어난 시각과 날과 달, 해의 수로 헤아려본다면 시각은 2억 6만 3,520시간이요, 날짜로는 2만 3,060일이며, 달수로는 732달이며 햇수로는 61년이 된다. 다시 태어난 해와 달과 날과 시가 돌아온 것이 또한 드물다. 이것이 화갑이라는 명칭이 유래한 까닭이다. 근세 장수하는 사람이 많아지자 화갑이 되어도 남들이 장수라 일컫지 않고 또 화갑이 된 사람도 스스로 나이가 많다고 여기지 않는다. 그러나 효자라면 부모님의 햇수를 아는 즐거움으로 이해 이달 이날을 만나게 되면 어찌 술잔을 들고 축수를 올리지 않을 수 있겠는가? 자식은 술과 음식의 즐거운 자리를 만들어 효성을 드러내고, 손님과 벗들도 이 모임에 참석하여 노래와 시를 지어 장수를 송축하여 아름다움을 드날리지 않을 수 있겠는가?"

환갑의 의미를 두고 신좌모는 무엇보다 장수를 누렸다는 점을 높게 들었지만, 이것만으로는 부족하다. 18세기 문인 송상기(宋相琦)는 외숙 김수흥(金壽興)의 수연(壽宴)을 축하하면서 축하 이유를 이렇게 들었다.

"사람의 수명이 긴 것은 누가 원하지 않겠는가마는, 오직 그 길고 짧은 것은 태어날 때 늘 정해지는 법이라서 사람이 관여할 수 없으니, 이는 인력으로 정말 어떻게 할 수가 없다. 그러나 세상에서 장수를 누린 자가 또한 어찌 이리 많겠는가마는, 그 가운데 겸하여 가질 수 없는 것이 있는 법이다. 수명은 길지만 질병에서 헤어나지 못하여 눈이 어둡고 어쩔해지는 현상이 반드시 따르고 침과 뜸을 맞아야 하는 일이 생긴다. 오직 병들까 봐 벌벌 떨며 걱정한다면 장수한다는 말만 들을 뿐이지 그 즐거움은 없을 것이다. 어쩌다 건강하지만 초야에 묻혀 몹시 가난하고 답답하게 살다가 아무도 모르게 죽어버리면 초목처럼 썩어문드러지는 것과 한가지니 이는 말할 것도 못 된다. 고관대작을 차지하고 한때 세상을 떠들썩하게 하는 자도 있다. 그러나 나라를 위해 쌓은 덕업(德業)도 없으면서 남의 입방아에만 오르내리는 자라면, 이는 4천 필의 말을 가질 정도로 부유하였지만 죽는 날 덕이 있다고 칭송하는 백성이 아무도 없었던 제(齊)나라 경공(景公)과 다를 것이 무엇이겠는가? 그리고 지위와 덕은 있으나 일가친척이 적은 데다 자손마저 영락했다면, 비록 화려한 그릇에 질릴 정도로 음식을 담아놓았더라도 즐겁지 않을 것이다. 이 또한 세상 사람들이 완전한 복이라 일컫지 않을 것이다. 그렇다면 장수와 건강, 부귀와 덕업에다 일가친척까지 즐거운 것 중에서 한 가지도 갖추기 쉽지 않은데, 하물며 이들을 겸한다는 것은 어떠하겠는가?"

신좌모는 장수를 기본으로 하되 병이 없고 부유하며 덕을 베풀고 후손이 잘되는, 이 다섯 가지를 갖추어야 환갑잔치를 받을 자격이 있다고 본 것이다. 과연 김수홍은 이 다섯 가지를 누렸기에 환갑의 축수를 받을 만한 인물이었다. 인생이 이렇게 된다면 어찌 환갑잔치가 즐겁지 않겠는가?

신좌모는 자신의 당대에 이미 환갑이 장수로 여겨지지 않을 만큼 오래 사는 사람이 많아졌다고 하였거니와 물론 지금은 더욱 그러하다. 그러나 신좌모가 이른 것처럼 환갑 때까지 살아온 날짜를 생각하면 어떠한가? 더욱이 시간으로 계산하면 어떠한가? 신좌모가 이른 1년이 350일이요, 한 시간은 지금의 두 시간이며, 그가 억이라 한 것은 10만이니, 60년의 세월을 지금 시간으로 환산하면 52만 5,600시간임을 기억할 필요가 있다. 이렇게 긴 세월 목숨을 부지하고 견뎌준 내 몸이 고맙다.

얼마 전 발표된 통계에 따르면 2015년 5월 현재 우리나라 백 세 이상의 인구가 1만 5천 명을 돌파했다. 끔찍하지만 혹 120세까지 산다면 환갑을 맞은 사람은 앞으로 산 날과 살 날이 같아지게 된다. 환갑은 인생의 반이다. 남은 반을 채우는 것은 인력으로 될 일이 아니니 고민이 없지만, 혹여 남은 반을 채워야 한다면 어찌해야 하는가?

이민보(李敏輔)는 18세기 산림의 큰 학자 김원행(金元行)의 수연을 축하하는 글에서 "선비가 배움에 있어서 장수를 귀하게 여긴다. 장수가 없다면 배움은 완성할 수 없기 때문이다"라 하였다. 학문을 직업으로 삼은 학자로서야 공부가 나이 들수록 깊어진다는 이 말을 믿고 장수의 대가로 열심히 공부해야겠지만, 보통 사람은 굳이 공부에 목맬 필요는 없으리라. 19세기 문인 박영원(朴永元)은 이종형의 회갑을 맞아 부부쌍수(夫婦雙壽)라는 해로의 축원과 함께 다음과 같이 덧붙였다. 이 말이 오히려 마음을 끈다.

"형은 이제 벼슬을 그만두었고 나 또한 물러나 쉴 것이니, 집에 있을 때는 골목에서 마주 보고 밖에 나가서는 지팡이 짚고 따라다니며, 시와 술과 거문고와 바둑을 차와 밥으로 삼고 임원(林園)의 물과 바위를 옷과 두건으로 삼아서, 젊은 시절처럼 어울려 놀아보세나. 즐거움과 기쁨만 있고 근심과 슬픔은 없으며 함께 모이는 일은 있지만 흩어져 헤어지는 일은 없을 것 같으면, 한가한 세월이 바야흐로 나의 소유가 될 것이라. 백낙천(白樂天)은 시에서 '이로부터 죽을 때까지, 다 한가한 나날이 되리라(從此到終身 盡是閑日月)'라 한 것이 바로 이것이라네. 우리 약조하여 상수(上壽)인 여든이 될 수 있다면 남은 햇수가 20년이 될 것이요, 우리가 합치면 40년이 될 것이니, 이렇게 하면 얼마나 수명이 길어질지 모두 유추할 수 있을 것일세. 소동파(蘇東坡)는 시에서 '일 없이 조용히 앉아 있으면, 하루가 이틀처럼 될 것이요, 70년 산다면, 문득 140년 산 것이라네(無事此靜坐 一日如兩日 若活七十年 便是百四十)'라 하였다네.

이제부터 한가한 나날들을 가지고서 물이 급히 흘러가고 번개가 친 것처럼 훌쩍 지나간 성상(星霜)과 비교해본다면, 어느 것이 짧고 긴지 과연 어떠하겠나?"

멋진 말이다. 박영원은 상수라는 여든까지 20년을 더 살되 뜻이 맞는 사람과 함께한다면 40년의 세월을 얻을 수 있다고 하였다. 게다가 그간 남을 위해 산 나날은 자신의 것이 아니었다. 환갑 이후 남은 세월을 자신을 위해 쓴다면 그 세월이야말로 진정한 장수라 하겠다. 환갑 이후에도 기왕에 하고 있던 바에 따라 더 많이 공부하거나 더 열심히 일해야겠지만 그간 바쁘게 뛰었다면 백거이(白居易)의 시나 소동파의 시구에서 이른 삶을 사는 것도 좋겠다. 그렇게 한다면 육십갑자를 더 살 수 있을 것이요, 혹 그렇게 되지 않는다 하더라도 스스로 누리는 마음의 세월은 더욱 길어질 것이다.

에/필/로/그
내 손 안의 다섯 수레 책

마음이 답답하고 영혼이 외로운 시대다. 세사가 내 뜻과 같지 못하고 나를 알아주는 사람도 만나기 어렵다. 그래서 마음이 답답해지면 불우한 사람들의 옛글을 읽는다. 옛사람들도 그랬나 보다. 상우천고(尙友千古)라는 말이 있다. 《맹자(孟子)》에 기원을 둔 이 말은 자신의 시대에 마음에 맞는 벗을 구하지 못하여 천 년의 세월을 거슬러 올라가 옛사람과 벗이 되어 토론을 하는 것이다.

한 2백 년 전쯤 인왕산 자락에, 국가 서적 편찬을 맡은 교서관 (校書館)에서 하급 관리로 일하던 장혼(張混)이라는 사람이 살았다. 뛰어난 자질을 지녔지만 양반 신분을 타고나지 못한지라 행세할 수 없었다. 가난하여 처자식은 추위와 굶주림도 면하기 어려웠다. 게다가 젊은 시절 발을 헛디뎌 불구의 몸이 되었다. 그렇다고 하여 세상이 더럽다 분노하지 않았고 자신이 억울하다 소리치지 않았다. 대신 현실에서 누릴 수 없는 꿈을 자신의 글에 담았다. 마당에는 좋아하는 꽃과 나무를 심고 바깥에는 과수원과 채소밭을 일구었다. 중국에서 간행한 거질(巨帙)의 책과 서양에서 만든 도자기까지 부자만이 가질 수 있는 고상한 물건으로 방 안을 채웠다. 그리고 그 속에서 자신의 맑은 마음을 담았다. "오두막집에 살면서 책을 교정하지만 못난 삶을 편안히 여기자(居蝸牛校蠹魚 旣安其拙)", "솜을 넣은 누더기 도포 입고 나물죽 먹지만 이러한 궁핍함을 어찌 원망하랴(衣縕袍糝藜羹 奚怨斯窮)", "산의 꽃과 시냇가의 새가 내 빈천을 알아주니, 잊을 수가 없구나(莫敢廢焉 山花溪鳥 貧賤之知 不可忘也)." 이런 구절을 써서 청계(淸戒), 곧 삶의 맑은 경계로 삼았다.

이처럼 장혼은 부유하지 않았지만 자신이 좋아하는 책을 늘 가까이할 수 있는 것을 행복으로 알았다. 벗에게 보낸 편지에서 "눈과 귀에도 즐겁고 마음과 뜻에도 기뻐서, 빠져들수록 더욱 맛이 있어 늙음이 이르는 것도 알지 못하게 하는 것은 책이 아니던가? 혼자 호젓할 때 적막한 물가에 있다 하더라도 문을 닫고 책을 펼치노라면, 완연히 수백수천의 성현이나 시인, 열사와 더불어 한 침상 사이에서 서로 절하거나 질타하는 것과 같으니, 그 즐거움이 과연 어떠하겠는가?"라 하였다. 책 속에서 옛사람을 만나 이렇게 놀았다. 이것이 책을 읽는 즐거움이다.

조선을 대표하는 문인 박지원(朴趾源)도 선비의 임무를 논하면서 글 읽는 즐거움을 이렇게 말하였다. "쇠고기 돼지고기가 아무리 맛있어도 많이 먹으면 해가 생긴다. 많을수록 유익하고 오래갈수록 폐단이 없는 것은 오직 독서일 것이다. 어린애가 글을 읽으면 경망스러워지지 않고 늙은이가 글을 읽으면 노망이 들지 않는다"고 했다. 또 박지원과 절친했던 이덕무(李德懋)는 독서의 즐거움을 이렇게 말하였다. 첫째, 굶주린 때에 책을 읽으면 소리가 갑절이나 낭랑하여 그 이치와 취지를 잘 맛보게 되니 배고픔도 느끼지 못하게 된다. 둘째, 차츰 날씨가 추워질 때에 읽게 되면 기운이 소리를 따라 흘러가 몸이 편하여 추위도 잊을 수가 있게 된다. 셋째, 근심 걱정으로 마음이 괴로울 때에 눈은 글자에, 마음은 이치에 집중시켜 읽으면 천만 가지 생각이 일시에 사라져버린다. 넷째, 기침병을 앓을 때에 책을 읽으면, 기운이 통하여 부딪침이 없게 되어 기침 소리가 갑자기 그쳐버린다. 주림과 추위, 근심과 병을 이겨내게 하며, 노망까지 막아준다니 독서야말로 만병통치약이라 하겠다.

19세기 심능숙(沈能淑)이라는 문인이 있었다. 버젓한 양반의 후예지만 자신을 알아주는 사람이 없어 옳은 벼슬길에 나가지 못하였다. 그래도 더욱 불우한 벗이 있어 자신을 알아주었기에 답답한 마음을 달랠 수 있었다. 17년이나 연상의 벗이던 홍의(洪漪)는 참으로 고단한 사람이었다. 한때 명문가였지만 몰락하여 서민들한

테도 업신여김을 당할 정도로 가난하였지만 그래도 열심히 책을 읽었다. 그러나 열네 살 때 병에 걸려 다리를 절게 되었다. 그래도 "병이 나를 버렸지만 내가 어찌 나를 버리랴?"고 말하고서, 《한서 (漢書)》와 두보(杜甫)의 시집을 20년 동안 읽어 후세가 알아주는 글을 남기려 하였다. 친척이나 이웃이 찾아오면 병자라 접대할 수 없다고 하면서 책만 읽었다. 사람들은 그를 천독지사(天讀之士)라고 불렀다. 기이한 재주를 타고났지만 운명이 각박하여 다리에 병을 얻어 절름발이가 되었고, 오히려 그 때문에 《한서》를 거의 7천 번 가까이 읽었으니 '하늘이 책을 읽게 만든 선비', 천독지사를 만든 것이다. 그런 그가 한참 어린 심능숙과 교제하면서 "새가 날갯짓을 빨리하여 날아가지만 가까운 곳에 멈추고 마는 것과 같이 해서는 아니 될 것이오"라고 하여 심능숙의 조급함을 따끔하게 꾸짖은 다음, 과정을 정해놓고 한 달에 세 번 만나 엄밀하게 책 읽는 방법을 익힐 수 있게 하였다. 이처럼 진정으로 알아주는 벗이 있으면 서로의 답답한 마음이 풀릴 것이다.

책을 읽는 것에는 이러한 즐거움이 있건만, 예나 지금이나 사람들은 독서를 좋아하지 않는다. 박지원은 "나는 집이 가난한 이가 글 읽기 좋아한다는 말은 들었어도, 부자로 잘 살면서 글 읽기 좋아한다는 말은 들어 보지 못했다"라고 했다. 예전에는 책의 적이 부유함이었나 보다. 그러나 지금 책의 적은 스마트폰이다. 스마트폰은 독서의 측면에서 젊은이들을 문맹의 시대로 돌려놓았다고 할 만하다. 그렇다고 스마트폰을 책의 적으로 규정하고 물리쳐야 한다고 소리를 높여야 할 것인가?

장혼은 "백 근이나 되는 묵직한 물건은 보통사람이라면 감당하기 어렵겠지만, 다섯 수레의 책은 돌돌 말면 가슴속에 두고 심장 안에 쌓아둘 수 있을 것이요, 이를 사용하면 대자연의 이치를 깨달아 우주를 가득 채우리라(百斤之重 中人不勝焉 五車之書 卷之則存胸臆貯方寸 用之則參造化彌宇宙)"고 했다. 장혼이 책을 읽어 가슴속에 오거서(五車書)를 담을 수 있다고 했으니, 여기서 아이디어를 얻을 수 있다. 당나라의 시인 두보가 "남아수독오거서(男兒須讀五車書)", 곧 사나이라면 다섯 수레의 책을 읽어야 한다고 했으니 사람으로서 행세하려면 다섯 수레의 책을 가슴에 담아야 할 것이다. 그러나 당장 가슴에 다섯 수레나 되는 책을 담기는 어려우므로 우선 스마트폰에 담을 것을 제안한다. 그러면 스마트폰은 내 손 안의 도서관이 되리라.

돌아앉으면 생각이 바뀐다
- 격물과 성찰의 시간

초판 1쇄 인쇄 | 2016년 4월 5일
초판 1쇄 발행 | 2016년 4월 10일

지은이 | 이종묵
발행인 | 한정희
발행처 | 종이와나무
신고 | 2015년 12월 21일 제406-2007-000158호
주소 | 경기도 파주시 회동길 445-1 경인빌딩 B동 4층
전화 | 031-955-9300
팩스 | 031-955-9310
홈페이지 | http://www.kyunginp.co.kr
이메일 | kyunginp@chol.com

ISBN 979-11-957602-0-6 03810
값 13,000원